LE

MISSIONNAIRE,

HISTOIRE INDIENNE.

I.

LE
MISSIONNAIRE,

HISTOIRE INDIENNE,

PAR MISS OWENSON;

TRADUITE DE L'ANGLAIS

PAR L'ÉDITEUR

DE LA FEMME, ou IDA L'ATHÉNIENNE,

ROMAN DU MÊME AUTEUR.

~~~~~~~~~~~~~~~~~~~

TOME PREMIER.

~~~~~~~~~~~~~~~~~~~

IMPRIMERIE DE LEBLANC.

PARIS,

H. NICOLLE, LIBRAIRIE STÉRÉOTYPE,

RUE DE SEINE, N.º 12.

1812.

PRÉFACE
DU TRADUCTEUR.

L'ACCUEIL que le public a fait au roman de miss OWENSON, intitulé : *La Femme* ou *Ida l'Athénienne*, nous a engagé à lui offrir la traduction d'un nouveau roman du même auteur, intitulé : *Le Missionnaire*. On pourra juger du succès que cet Ouvrage a eu en Angleterre, quand on saura que nous ne l'avons traduit que sur la troisième édition, qui a succédé, dans le court espace d'une année, aux deux premières. Il nous semble que ce succès est mérité, et que cet Ouvrage est supérieur au précédent; mais nous n'essayerons pas de motiver notre opinion, qui doit être fort indifférente aux lecteurs : c'est à eux qu'il appartient de juger; et c'est l'Ouvrage qui doit lui-même plaider sa cause.

Nous remercions ici, et pour le compte de miss Owenson, et pour le nôtre, les écrivains qui ont fait l'analyse d'*Ida*, dans les feuilles périodiques, des éloges qu'ils ont accordés à ce roman; nous les remercions aussi des critiques très-judicieuses qu'ils en ont faites; et,

pour ce qui nous concerne particulièrement, nous tâcherons d'en
profiter. Le reproche le plus géné-
ralement fait à l'auteur, c'est celui
de décrire trop souvent, et d'être
quelquefois minutieux dans les détails de ce genre. Nous avions pres-
senti ce reproche ; et c'est sur cette
partie qu'avaient principalement
porté les retranchemens que nous
nous étions permis de faire. Appa-
remment nous avons été trop cir-
conspect à cet égard, et peut-être
trouvera-t-on que nous ne nous
sommes pas assez corrigé de cette
circonspection dans la traduction
du *Missionnaire*. A la première

lecture de ce roman, nous nous étions proposé d'abréger plus que nous ne l'avons fait la première moitié du premier volume, et d'arriver ainsi plus tôt au moment où les principaux personnages sont en scène l'un vis-à-vis de l'autre. Mais nous avons bientôt reconnu que si nous étranglions cette partie de l'Ouvrage, le caractère du Missionnaire ne serait pas assez établi dès les commencemens, ni les évènemens subséquens assez préparés; et, en dernière analyse, il nous a paru que, malgré ces préliminaires indispensables, l'intérêt ne se faisait pas attendre trop long-temps.

Quant aux descriptions, lors-qu'un auteur transporte ses lecteurs dans un pays dont les circonstan-ces physiques et morales diffèrent beaucoup de celles qui sont con-formes à leurs habitudes, il s'im-pose, pour ainsi dire, la nécessité de remettre souvent sous leurs yeux le tableau des localités, pour les tenir dans la disposition d'esprit où il faut qu'ils soient pour se fa-miliariser avec les personnages, et s'intéresser aux évènemens. Sous ce rapport, le *Missionnaire* est, sans doute, un des ouvrages de ce genre, qui portent le plus en eux-mêmes leur excuse pour quelques

détails descriptifs. Nous n'avons
donc retranché que ce qui nous a
paru tout-à-fait superflu; et nous
donnons cette production de miss
Owenson, à peu de chose près,
telle qu'elle l'a publiée en Angleterre.

Nous avons suivi, pour les noms
propres mythologiques, l'orthographe du dictionnaire de M. Noël,
toutes les fois que nous les avons
trouvés dans ce dictionnaire; et
quand ce secours nous a manqué,
nous avons conservé l'orthographe
de l'original.

Quant aux noms d'arbres et de

plantes, nous les avons copiés, pour la plupart, tels qu'ils se trouvent dans l'Ouvrage anglais, parce que cette traduction ayant été faite très-rapidement, nous n'avons pu faire les recherches nécessaires pour trouver les noms analogues en français. Ceux-ci n'auraient d'ailleurs probablement pas été plus familiers à la généralité des lecteurs, et la chose nous a paru en soi assez indifférente. Elle sera rectifiée dans une seconde édition, si tant est que cette seconde édition ait jamais lieu.

Si du-moins celle-ci n'est pas dédaignée, nous publierons immédiâtement un troisième roman de miss Owenson, ou plutôt un premier, car il a précédé *Ida* et le *Missionnaire :* c'est le *Wild Irish girl*, dont il a été fait mention dans le journal de l'Empire, et dont nous avons à-peu-près achevé la traduction pendant qu'on imprimait le *Missionnaire.*

LE
MISSIONNAIRE,

HISTOIRE INDIENNE.

~~~~~~~~~~~~~~~~~~~~~~~~~~~~~~~~~

CHAPITRE PREMIER.

Au commencement du dix-septième siècle, le Portugal, privé de ses souverains naturels, était devenu un sujet de contention entre plusieurs puissances. Les maisons de Bragance, de Parme, de Savoie, et de Médicis, faisaient valoir leurs prétentions; mais elles se soumirent enfin à la décision que l'Espagne prononça en sa faveur, en l'appuyant de la supériorité de ses armes. Sous la domi-

nation de Philippe II et de ses deux suc-
cesseurs, un peuple brave perdit le souvenir de son indépendance; et le Portugal, effacé de la liste des États de l'Europe, ne fut plus qu'une province d'Espagne. La cruelle rapacité d'Olivarez,
l'avide ministre de Philippe IV, tira les
Portugais de cette stupeur où une tyrannie modérée les avait plongés; le senti-
timent de la liberté nationale se réveilla
en eux, et il en résulta, peu après, une
des révolutions les plus complettes et les
plus singulières dont l'histoire nous ait
conservé les détails. Ce fut durant cette
lutte que le Portugal se trouva divisé
entre deux factions puissantes. Les par-
tisans de l'Espagne et les patriotes portugais ne dissimulaient pas en public la
haine qu'ils se portaient mutuellement,

et chacun des deux partis tramait en secret la destruction de l'autre. La religion même, oubliant son caractère de
douceur et de paix, se mêlait dans les
discordes civiles et les factions; les Jésuites soutenaient la domination des Espagnols, et gouvernaient par eux; les
Franciscains secondaient la résistance
des Portugais; et chacun de ces ordres
accusait l'autre de favoriser l'hérésie,
pour le soutien de la cause qu'il avait
embrassée *.

---

* Les Jésuites étaient accusés de mettre en usage
des pratiques frauduleuses, pour persuader aux Indiens, que la doctrine des Brahmines ne différait
pas essentiellement de celle du christianisme; les
Franciscains les condamnaient ouvertement. Il en
résulta de longues et violentes contestations, qui
furent décidées en faveur des Franciscains par Innocent X.

1 *

Au milieu de ces dissensions religieuses
et politiques, l'ordre de Saint-François
reçut un nouveau lustre, des vertus chré-
tiennes et des grandes qualités d'un de
ses membres; et le monastère où ce saint
enthousiaste s'était retiré, en renonçant
au rang, à la fortune, à l'attrait de l'ambition et aux plaisirs de la jeunesse, devint un lieu de pélerinage, où l'on allait chercher le Ciel, par la médiation
de celui qui, sur terre, avait déjà acquis
le titre de *l'homme sans tache.*

Ce monastère de Saint-François est
situé au pied de cette chaîne de hautes
montagnes, qui sépare la province d'A-
lentejo de l'Algarve, dont les rivages
sont toujours battus des flots tumultueux
de la mer. Les cellules de ce couvent,

creusées dans le roc vif, sont de véritables cavernes. Une massive façade, et une sombre chapelle, ont été édifiées des débris d'un ancien château maure, dont les tours, tombant en ruines, se confondent encore, dans l'éloignement, avec la flèche de cette église chrétienne, et sont réfléchies sur la surface d'un de ces lacs qui se font remarquer en Portugal, par un mugissement souterrain, dont le bruit est semblable à celui du tonnerre, et ne s'apaise jamais, alors même que les vents se taisent et que l'Océan est dans le calme le plus parfait. La superstition avait tiré avantage des qualités salutaires des eaux de ce lac célèbre dans l'histoire naturelle du pays; et les autels du monastère s'enrichissaient des offrandes de ceux qui croyaient pieusement obtenir de ces eaux consacrées, la santé dans ce monde et leur salut dans l'autre.

Sur la gauche de ce monastère, on voyait quelques restes d'une forteresse romaine, semblable à celle de Coimbre. La vue était bornée au nord par les montagnes de l'Alentejo; au sud elle semblait s'étendre à l'infini sur le vaste Océan; et l'imagination cherchait, par-delà l'horizon, les rives de Carthage, et s'arrêtait sur l'autel d'Annibal ou sur les aigles victorieuses de Scipion l'Africain.

Ces hautes montagnes, ce vaste Océan, ce lac grondant sans cesse comme le tonnerre, ces restes de la grandeur des Maures, ces traces de la puissance romaine, ce sombre monastère, présentaient un magnifique assemblage de grandes images et de contrastes frappans. Que d'époques! que de révolutions! que de phases de l'esprit humain se trouvaient retracés dans ce grand tableau! Quelle devait en être l'influence sur un esprit religieux et exalté jusqu'à l'enthousiasme, sur une âme ardente et mélancolique; sur un caractère formé des plus sublimes élémens de la nature humaine, sur un caractère tel que le tien, Athanase!

Au milieu des bois qui couvrent le flanc des montagnes d'Algarves, du côté du sud, s'élevaient les tours du château d'Acugna; et des remparts de ce château on avait en perspective le monastère de

Saint-François. C'est dans ce château isolé et désert qu'Athanase, comte d'Acugna, fut envoyé, en 1610, par son oncle et son tuteur l'archevêque de Lisbonne. Il avait alors à-peine dix ans; et son unique compagnon, dans cette solitude, était un vieux religieux de l'ordre de Saint-François. L'histoire atteste l'antiquité et la splendeur de la maison d'Acugna. Le sang royal coulait dans les veines d'Athanase; car sa mère était de la maison de Bragance. Parmi les grands du royaume, il y en avait peu d'aussi puissans que son aîné et son unique frère, don Louis, duc d'Acugna; et l'on considérait son oncle, l'archevêque de Lisbonne, comme le chef du parti des nobles que la tyrannie des Espagnols avait réduits au désespoir. Tandis que le duc et le prélat étaient tout occupés des troubles de l'État, le jeune Athanase, frappé des grandes images qui l'environnaient, enflammé par ses études religieuses, entraîné par son enthousiasme naturel, par l'éloquence et l'exemple de son instituteur, aspirait à imiter les grands modèles de la vie ascétique, et soupirait après le moment où, retiré dans un désert, il y vivrait supérieur à la nature et à ses lois, éloigné de la tentation, et à l'abri de l'erreur. Il voulait, domptant les passions humaines, exempt de toute faiblesse, et entièrement voué au Ciel, atteindre cet état d'exaltation qui nous met en rapport avec les esprits célestes, et nous procure les visions accordées quelquefois aux âmes pures, même durant ce temps d'épreuve qu'elles passent sur terre. Égaré par son ardente imagination, il perdit de vue le véritable objet de l'existence de l'homme, une vie rendue agréable au Créateur par une active bienveillance envers ses créatures. Naturellement doué de cette sublimité dans les idées, qui fait dédaigner les occupations ordinaires de la vie, et de cette sensibilité qui nous rend peu propres à ces occupations; perdu dans ses rêves mystiques et ses pieuses extases, tous les objets extérieurs disparurent peu-à-peu à ses yeux; et, dès sa dix-huitième année, se croyant, par la mort soudaine de son instituteur, *héritier de son manteau sacré*, il fit au Ciel le sacrifice des gran-

deurs mondaines, et de tout ce qu'il possédait sur la terre, en prenant l'habit de
l'ordre de Saint-François.

L'archevêque, et le duc d'Acugna, furent plus surpris que touchés, lorsqu'ils
reçurent la nouvelle de sa profession.
L'absence avait relâché les liens de la pa-
renté. L'état politique du Portugal rendait difficile et précaire un établissement
de fortune, proportionné à la naissance
du jeune d'Acugna ; et le prélat de Lisbonne savait très-bien que l'entrée de
son neveu dans l'Église, ne lui fermait
pas la porte aux honneurs et aux avantages de ce monde. L'oncle et le frère
écrivirent au nouveau religieux, pour le
féliciter de sa vocation; ils firent un don

considérable au monastère de Saint-François, et perdirent bientôt, dans les commotions politiques et les intrigues des factions, le souvenir de leur parent.

CHAPITRE II.

Il y a dans la vie une époque précieuse, bien douce, mais si courte, qu'on ne l'apprécie bien que par le ressouvenir. C'est durant ces rapides momens qu'exister c'est jouir; que le sang, circulant avec vitesse dans nos veines, répand dans tout notre être ce vague et délicieux sentiment qui remplit un cœur exempt de peines et de soucis; et l'on peut dire avec vérité, qu'alors rien n'existe pour nous que ce qui n'existe pas.

Tant que cette ravissante aurore se prolongea, Athanase porta la couronne d'épines dont la foi avait ceint sa tête,

avec autant de plaisir qu'un autre aurait
paré son front des myrtes de l'amour
et des roses de la volupté. Les vœux qu'il
avait prononcés étaient toujours présens
à sa pensée. Les cérémonies de la religion
occupaient son imagination, et son existence était entièrement consacrée aux
formes comme à l'esprit de cette religion.
Il avait reçu les ordres, et il remplissait
souvent les saintes et touchantes fonctions de la prêtrise. Il étudiait, avec une
ardeur infatigable, les Pères de l'Église et
les pieuses Légendes que renfermait la
bibliothèque du couvent; et, durant six
années de cette retraite monastique, il
se distingua tellement par la pureté de sa
vie et son austérité, par une observation
exacte de la discipline, par la ferveur de
sa dévotion et de son zèle, par ses œu-

vres de charité et son abnégation de lui-
même, par l'éclat d'une éloquence per-
suasive et touchante dans la cause de la
religion, que l'envie même, cette passion
qui, dans le cloître, survit à d'autres passions moins odieuses, n'osa pas répandre
son venin sur sa réputation, et que la
célébrité de *l'homme sans tache* s'étendit bien au-delà de l'enceinte de son
monastère.

Les moines se pénétrèrent de l'idée
que sa haute naissance, son génie et sa
piété exemplaire, devaient illustrer leur
ordre; et ils attendaient avec impatience
le moment où ils verraient les Jésuites
abattus aux pieds du P. Athanase, victorieux par les armes de la controverse.
Cependant la communauté n'avait encore

fait connaître ses désirs et son attente, à cet égard, que vaguement et avec réserve. La facile familiarité du novice avait peu-à-peu disparu avec le doux éclat de sa première jeunesse; et la dignité des manières de l'homme avait mis une distance immense entre lui et ceux que le moine, avec toute l'humilité du langage religieux, appelait ses supérieurs. Le saint, non plus que le noble par sa naissance, ne les rangeait pas, sous ces deux rapports, dans la même classe que lui. Seul, pour ainsi dire, de son espèce, au milieu d'eux, il semblait, par son élévation, les laisser à ses pieds; et, ni la discipline extérieure, ni l'humilité intérieure, n'avaient pu bannir de son sein ce reste de faiblesse humaine.

Jusqu'alors la vie du jeune religieux n'avait été qu'un rêve mystique, brillant, pur, mais sans substance et sans fruit. Dégagé de tous ces liens qui font le charme de notre existence, en même temps qu'ils l'agitent, le ressort des affections humaines n'avait pas été mis en jeu dans son sein, et sa raison se taisait devant la foi. Son génie ne s'était montré que dans son exaltation religieuse ; et l'ardeur de ses sentimens, que dans celle de sa dévotion. Mais sa sensibilité, quoique non développée, n'en existait pas moins; elle se décelait, même dans la vie contemplative et monotone dont il avait fait choix : car la véritable source de sa religion, indépendamment du dogme et des mystères, n'était que cette impulsion divine de reconnaissance pour l'Être su-

prême; et sa bienveillante charité, qu'il
appelait froidement un devoir, n'était
que cette même impulsion envers ses
semblables. Ses habitudes, en calmant
l'impétuosité naturelle de son caractère,
avaient ajouté à son enthousiasme ce
qu'elles avaient ôté à ses passions, et
donné à son zèle tout ce qu'elles avaient
soustrait à son cœur. Mais, lorsqu'à la ferveur de l'adolescence succéda le calme
de l'âge mûr; quand la présence des
mêmes images ne causa plus ces vives im-
pressions, ces transports, qui n'avaient
fait de sa jeunesse qu'une continuelle
extase, sa solitude prit un aspect plus
sombre, et la religion, sans rien perdre
de son influence, perdit beaucoup de
ses charmes. La foi, dans sa pureté et
ses effets passifs, ne suffit plus à remplir

sa vie; ce principe actif que l'homme
porte en lui-même, et qui le pousse dans
la sphère pour laquelle il a été créé,
tourmenta son existence; et il tourna
sur lui-même ces efforts qui devaient
être employés à l'avantage de l'espèce
dont il faisait partie : alors sa discipline
devint plus sévère, ses mortifications
furent plus répétées, ses prières plus
longues, ses pénitences plus rigoureuses;
et ce qui n'était en lui que le sentiment
de la fragilité humaine, accrut encore sa
réputation de sainteté. Accoutumé à
suivre l'esprit humain dans ses plus au-
dacieuses excursions, et dans ses vains
efforts pour pénétrer des mystères impo-
sans, il fit succéder à ses études une continuelle méditation. Plongé dans des abs-

tractions, il perdit de vue les faits et les
vérités palpables; éloigné de toute société, de toute occupation active, il fut
entièrement livré au pouvoir de son ardente imagination, sur laquelle agissait
puissamment la scène qui l'environnait;
et au-dehors, comme au-dedans de lui,
tout contribuait à augmenter la religieuse
mélancolie et le sombre enthousiasme
de son caractère. Plus zélé dans sa foi, à
vingt-six ans, qu'il ne l'avait été à dix-
huit; cette foi n'ouvrait plus cependant
à ses yeux le Ciel qui lui souriait au-dessus de sa tête; mais elle lui montrait,
sous ses pieds, un abîme qui menaçait
de l'engloutir. Il parlait quelquefois, d'un
air égaré, des mauvaises pensées qui venaient l'assaillir, et des passions qui

ébranlaient tout son être; il doutait que la miséricorde de son Rédempteur s'étendît jusqu'à lui, et qu'une vie exempte de péché fût une expiation suffisante de ses coupables pensées; et cette délicatesse scrupuleuse d'une conscience timorée augmentait la vénération de ceux qui étaient témoins de ses perfections.

Il passait souvent des jours entiers, en exercices religieux, dans les sombres bois du monastère; et, si quelqu'un de ses confrères, soit par intérêt, soit par curiosité, observait ses pas, et le suivait, il le trouvait, tantôt au sommet d'un rocher, bravant la tempête qui menaçait d'éclater; tantôt enseveli dans les ruines du château maure, prêtant l'oreille aux

lugubres accens de l'oiseau solitaire; tantôt penché sur le bord du lac, dont le
mugissement souterrain eût fait reculer
d'épouvante tout autre que lui.

Le changement qui s'était opéré dans
l'esprit et les manières de ce religieux,
avait été remarqué depuis long-temps par
le supérieur du couvent; mais la vénération que le P. Athanase inspirait, par
l'austérité de sa vie et la supériorité de
son génie, par le rang qu'il avait sacrifié,
et par sa dignité imposante, était telle,
que ses confrères n'attribuèrent point ce
changement extraordinaire à des causes
naturelles ou morales; ils dirent: « C'est
la mystérieuse opération de la grâce divine; c'est une vocation du Ciel; un mi-

raclé est au moment de se faire, et il est
réservé à un membre de l'ordre de Saint-
François de l'opérer ».

Ces observations étaient déjà venues
aux oreilles du P. Athanase, tandis que
toute la communauté le croyait absorbé
dans ses méditations; elles avaient fait
une impression profonde sur son esprit;
son imagination en était frappée; elles
le suivaient dans ses promenades soli-
taires, et jusque dans ses songes. C'est
dans un de ces momens où un léger sommeil engourdit les sens et rompt la chaîne
des idées, sans ôter à l'âme ses facultés,
qu'il crut voir une colombe chérie, qui
souvent reposait sur son sein, prendre
son vol vers l'Orient; doué soudainement
lui-même de la faculté de s'élever dans

les airs, il poursuivit cet oiseau dans
l'immensité de l'espace, jusqu'à ce qu'il
le vît se perdre dans l'éclat des rayons du
soleil levant, dont ses yeux furent si fort
frappés, qu'il en demeura ébloui en se
réveillant, et qu'il crut encore sentir la
chaleur de cet astre. Il vit alors que la
colombe, qui durant tout le jour précédent avait été languissante, était étendue
morte sur son sein. La profonde impression de ce songe sur lui, se fit remarquer
dans un discours qu'il prononça la veille
de la fête de son patron. Il choisit pour
sujet de ce discours la vie de saint Paul,
qu'il appela le premier missionnaire ; et
il parla de la foi de cet apôtre, non
seulement en ce qui avait rapport à lui,
mais relativement à l'avantage dont elle
avait été pour les autres.

Dans cette peinture, ses confrères reconnurent l'état de son âme; ils dirent :
« Ce n'est pas de saint Paul seul qu'il parle, c'est aussi de lui-même. Il est consumé du désir de convertir les âmes; il brûle d'étendre le royaume du Christ. C'est par lui que la doctrine hérétique des Jésuites sera exposée et confondue. Honorons notre ordre et nous-mêmes, en secondant ses inspirations et ses vues ». Peu de jours après, sa mission aux Indes fut un point arrêté. On fit les préparatifs de son départ; on obtint la permission du général de l'ordre; et le P. Athanase partit pour Lisbonne, où il devait recevoir ses lettres de créance pour cette périlleuse entreprise.

Après quinze années de séparation, il

parut devant son oncle l'archevêque de
Lisbonne, et son frère le duc d'Acugua;
et jamais mortel n'offrit une plus parfaite
image de ce que l'homme était quand
Dieu le créa à son image, et avant que
le péché eût effacé cette glorieuse empreinte. La nature semblait avoir voulu
s'honorer en lui, et donner la marque la
plus éclatante de son pouvoir; rien ne
saurait peindre l'expression pure et sublime d'une physionomie qui paraissait
appartenir à un être au-dessus de l'hu-
manité. Une dignité inexprimable, un
air de grandeur aspirant au Ciel, donnaient, en le contemplant, l'idée de la
transfiguration d'un être mortel en une
substance céleste : de son œil d'aigle,
quand il se détachait de la terre, on voyait
jaillir le feu de l'inspiration ; mais s'il

abaissait de nouveau ses regards, la douceur de la miséricorde divine se répandait sur tous ses traits; on reconnaissait
alternativement en lui la fermeté héroïque du martyr, et la tendre charité du
saint; la force d'une grande âme prépa-
rée à souffrir et à résister, et la sensibilité d'un cœur créé pour la pitié. Cet ensemble présentait un caractère où les attributs de la divinité se confondaient avec
les affections de l'homme.

Le duc et l'archevêque demeurèrent,
en sa présence, frappés de respect et
d'admiration. Ils sourirent en secret de
ce qu'ils appelaient ses projets romanes-
ques; mais ils n'eurent pas le courage de
s'y opposer. Ils ne manquaient pas de
raisons mondaines, contre une entre-

prise si pleine de dangers, et si dénuée
de tout espoir de récompense ; mais,
comment en faire usage avec un homme
qui ne tenait plus à la terre, qui n'avait
ni passions, ni vues humaines, et qui semblait déjà appartenir au ciel vers lequel
il se préparait à ramener des millions de
créatures, entraînées par l'erreur hors
de ses voies ? Tout ce qui leur restait à
faire, était donc de couvrir sa mission d'un
éclat analogue à sa haute naissance ; et, en
dépit des intrigues des Jésuites, de la
répugnance de la vice-reine espagnole, et
des vues opposées du ministre Vascon-
cellos, le crédit de la maison de Bragance
et celui de la maison d'Acugna réunis,
obtinrent du légat du pape, résidant à
Lisbonne, un bref qui nommait un Fran-
ciscain nonce apostolique dans l'Inde,

et indiquait la ville de Goa, regardée
comme le boulevard de la chrétienté
dans l'Hindoustan, pour le point central
de sa mission.

Suivi, jusqu'au rivage, par un peuple
nombreux qui voyait dans le nonce
apostolique un nouveau François Xavier,
le P. Athanase s'embarqua, dans la
flotte destinée pour l'Inde, sur le vaisseau amiral, qui portait aussi le gouver-
neur-général nouvellement nommé. Le
nonce était accompagné d'un coadjuteur, jeune homme recommandé par
l'archevêque de Braga. Celui-ci était un
jésuite, ennemi déclaré des Franciscains,
qui avait obtenu la nomination de son
protégé, par son crédit auprès du ministre.

Durant le voyage, le rang et le caractère du Missionnaire lui valurent les at-
tentions particulières du vice-roi; mais
l'homme de Dieu n'était pas tenté de se
mêler dans la foule qui se pressait autour
de l'homme du monde. Voué à une société plus élevée, son âme ne s'abaissait
vers la terre que pour soulager les souf-
frances qui excitaient sa pitié, ou pour
corriger les erreurs qu'il condamnait;
pour faire taire les animosités et rétablir
la paix; pour réprimer les blasphêmes
des profanes; pour dissiper les ténèbres
de l'ignorance, soigner les malades, con-
soler les affligés, soutenir les faibles et
encourager les timides; pour veiller,
prier, jeûner et souffrir pour tous.

Cette conduite constante, uniforme,

le rendit l'objet de la vénération de ceux qui en furent témoins, en même-temps que sa bienfaisance et ses soins compa-tissans lui gagnaient tous les cœurs.

Un seul acte de sévérité jeta une ombre passagère sur l'éclat de tant de vertus, qui semblaient plus qu'humaines. Il desti-tua son coadjuteur, pour une irrégularité de conduite que les circonstances qui l'ac-compagnèrent rendaient en quelque façon excusable. Mais la vertu était, suivant ses idées, une qualité abstraite et non relative, qui se rapportait entièrement à l'amour de Dieu, indépendamment de toute ten-tation humaine et de toute considération mondaine. Il fit donc une réprimande publique au coadjuteur, et le déclara indigne de faire partie de la congrégation des Missionnaires. « Soyons, disait-il, miséricordieux envers tout le monde, excepté envers nous-mêmes. Ce n'est pas seulement par nos discours que nous devons propager notre sainte religion, c'est encore plus par notre exemple ». La médiation du vice-roi lui-même fut vaine. Ferme dans ses résolutions, rigide, inflexible, le P. Athanase n'agissait jamais que d'après une intime conviction et les motifs les plus purs; mais une fois résolu, ses décrets étaient aussi immuables que la loi du Dieu qu'il servait. Sa sévère justice ajoutait au respect sans rien ôter à l'affection qu'on avait pour lui, car il pleurait alors qu'il se croyait obligé de condamner.

Le temps et la saison furent loin d'être

favorables à la flotte; elle essuya plusieurs
tempêtes. Dans des dangers imminens,
accompagnés de ces circonstances qui,
au milieu du conflit des élémens, impriment la terreur aux plus braves, nul
homme, dans les équipages et parmi les
passagers, ne fut exempt de marques de
faiblesse humaine. Le Missionnaire seul
parut voir, sans en être ému, la mort
qui les menaçait tous. Toujours calme,
ses conseils et ses efforts pour le salut
commun, dénotaient une âme exempte
de crainte: la vie lui était indifférente, et
la mort ne lui causait aucun effroi. Son
corps, comme s'il eût partagé l'immortalité de son âme, résistait à la fatigue et
à la furie des élémens. Il voyait sans pâlir
les épouvantables vagues qui menaçaient
de submerger le vaisseau, et il supporta,

sans proférer une plainte, les feux de la
zône torride, et le froid le plus rigou-
reux dans l'hémisphère austral.

Le premier jour du cinquième mois
de navigation, la flotte entra dans la mer
de l'Inde, et bientôt, sous le beau ciel et
à travers l'atmosphère pure de ces climats, les rivages de ces régions orientales
se découvrirent à la vue du Missionnaire.
Son imagination, franchissant les limites
de ce vaste horizon, se porta sur toutes
ces contrées, si variées par leur sol, leur
gouvernement et leur religion, et qui
offrent à la contemplation du philosophe
tant d'objets divers. A l'ouest, elle s'arrêta sur ces hautes montagnes, qui sé-
parent le territoire de la Perse de celui
de l'Inde. Ces masses, aussi anciennes que

le globe qui les porte, et dont la forma-
tion a précédé celle de toute matière
organisée, renferment encore, dans leurs
profondes retraites, une race d'hommes
belliqueux, et aussi sauvages que l'aspect
du sol qui les a vu naître : ce sont les des-
cendans de ces hordes de guerriers qui
jadis désolèrent au loin l'Asie, jusqu'au
moment où le puissant génie d'un indi-
vidu triompha des forces de plusieurs
nations réunies. Alors les Affgans reconnurent que le boulevard naturel de leurs
montagnes était la seule barrière qu'ils
pussent opposer au progrès des armes
victorieuses de Tamerlan.

De la scène des hauts faits du héros
tartare, le Missionnaire porta sa pensée

sur les lieux qui avaient vu naître l'Imposteur de la Mecque, si audacieux dans ses erreurs, si intrépide à les propager, et qui, enchaînant les esprits en même temps qu'il détruisait la liberté naturelle de l'homme, étendit, par la seule force de son génie extraordinaire, sa doctrine, sur les plus grands empires, des bords de l'Atlantique jusqu'à la muraille de la Chine; plus étonnant encore dans ses succès que le conquérant tartare. L'âme du Missionnaire s'agrandit en contemplant des scènes si propres à exalter les idées, à enflammer l'imagination, et à rappeler à la mémoire ces époques remarquables, ces évènemens merveilleux qui éveillent le génie, mettent les passions en mouvement, et poussent l'homme à enfanter le germe de ces grandes révolutions qui fondent ou détruisent les empires.

Son esprit, recevant une nouvelle impression, prit un essor sublime, et parcourut l'univers dans son vol rapide. Il sentit que lui aussi il aurait pu être un héros; qu'il aurait pu fonder des états et établir une doctrine. Car, de quelles qualités pouvait s'enorgueillir Timur, quels avantages possédait Mahomet, que la nature lui eût refusés? Les proportions et la force d'Hercule, une âme de feu, un esprit fécond en ressources, l'énergie qui fait entreprendre, le génie qui exécute, un bras pour frapper, une langue éloquente; telles sont les qualités que l'hom-

me reçoit de Dieu lui-même, et qui lui
donnent un si dangereux ascendant sur
le reste de son espèce; et telles étaient
celles d'Athanase. Pour la première fois,
ses sentimens, son enthousiasme le portèrent vers un nouvel objet; et, suivant
d'un coup-d'œil le cours majestueux du
soleil : « Aujourd'hui, dit-il, cet astre
» s'est levé sur la pagode de Brahma ;
» il s'avance pour éclairer des mêmes
» rayons le temple autrefois consacré à
» sa propre divinité dans les déserts de
» Palmyre; pour répandre sa lumière sur
» la câba de la Mecque, et en couvrir le
» tabernacle de Jérusalem »! Rendu à ce
sommet de sa gradation, il tressaillit; les
empires de la terre et le génie de l'homme
s'évanouirent à ses yeux; il songea à ce-

lui devant qui l'univers n'est qu'un point,
et l'homme un atome. Il demeura interdit, humilié, confondu; il implora le
secours de celui qui ne se plaît que dans
un cœur d'où l'ambition humaine est
bannie, et où les passions terrestres sont
anéanties.

Le vaisseau qui portait le Missionnaire
fut, de toute la flotte, le premier qui
entra dans le port de Goa; et la réputation de sainteté du P. Athanase, ainsi
que la connaissance de son rang, de son
génie et de sa mission, était déjà répandue dans la ville avant son arrivée. Toutes
les places dans le Gouvernement, soit
civil, soit ecclésiastique, y étaient occu-
pées par des Espagnols; mais la majeure

partie des habitans était composée de
Portugais (*), qui apprirent avec des
transports de joie, que, par politique, ils
auraient dû dissimuler, qu'un nonce apostolique, issu du sang des rois de Portugal,
et appartenant à l'ordre de Saint-François,
était envoyé pour visiter leurs établisse-
mens, corriger les abus dans l'Eglise, et
travailler à la conversion des Indiens
d'une manière plus conforme aux principes évangéliques, à la pureté et à la
douceur de la religion chrétienne. Le
peuple, dans son ravissement, courut

---

* La malheureuse réunion du Portugal à la mo-
narchie d'Espagne, après la mort du cardinal Henri,
oncle du roi Sébastien, porta un coup funeste à la
puissance des Portugais dans les Indes. GUZON,
Histoire des Indes orientales.

au rivage pour recevoir le Missionnaire, qui débarqua au milieu des acclamations de la multitude. Le brillant cortège du vice-roi fut à-peine aperçu; et l'homme de Dieu, qui dédaignait la pompe des honneurs de ce monde, fut celui auquel ces honneurs furent exclusivement rendus. Il s'avança d'un pas lent, avec un air de dignité, où se confondaient la majesté et la douceur religieuse; imposant dans son humilité, commandant l'obéissance dans sa soumission. Sa belle tête était découverte; ses pieds nus semblaient insensibles aux aspérités du pavé; la paix du ciel était sur sa physionomie, et il pressait sur son sein la croix qu'il tenait en ses mains. Ce que la piété a de plus touchant, ce que l'homme a de plus

Tome I^u. 4

noble, la pureté de la foi, la sublimité
de la religion, la grâce et la majesté, l'é-
lévation et la simplicité, se montraient
ensemble dans ses traits et ses belles proportions, dans ses mouvemens et dans
ses regards.

Il passa devant le palais du grand-inquisiteur, qui, sur un balcon, entouré
de sa cour ecclésiastique, observait cette
singulière procession. Au moment où le
Missionnaire atteignait le portail d'un
monastère où il devait faire sa résidence,
les moines vinrent au-devant de lui pour
le recevoir. Le peuple demanda sa bé-
nédiction : avant de disparaître à sa vue
il la donna; et jamais cette sainte cérémonie n'avait été si touchante. Il y avait

dans l'air du P. Athanase, une dévotion, une pureté, une inspiration et une
douceur inexprimable. La porte se re-
ferma sur l'homme de Dieu, et ceux qui
avaient pu l'approcher assez pour toucher ses vêtemens, crurent avoir reçu du
Ciel une faveur particulière.

Le lendemain, le P. Athanase eut
une audience de l'évêque, grand-inquisiteur de Goa, qui fut remarquable par
l'appareil dû à son rang, et, en même-
temps, par la froideur de l'évêque, par
ses envieuses observations, qui contrastaient fortement avec le saint enthousiasme du religieux, et répondaient mal
à la magnanimité avec laquelle celui-ci
s'engageait dans une entreprise si loua-
ble. Le Missionnaire, dégoûté de tout ce

qu'il voyait et entendait, indigné du luxe
et de la pompe de cette cour ecclésiastique, de la hauteur et de la façon de
penser peu libérale de ceux qui la pré-
sidaient et qui condamnaient ouvertement la doctrine de son ordre, se résolut
à partir sans délai de Goa (*). Quelques
jours cependant furent nécessaires pour
faire les préparatifs de son voyage. Son
vœu de pauvreté n'était relatif qu'à lui-
même ; mais sa mission, pour s'accom-
plir heureusement, avait besoin de quelques secours dans l'ordre des choses de
ce monde. La charité, qui, dans l'éten-

---

* Le pouvoir de ce redoutable ecclésiastique, le
grand-inquisiteur, est terrible. Il s'étend sur tous
les rangs de la société. Le vice-roi, l'archevêque et
son vicaire en sont seuls exceptés. Voyez HAMILTON,
Nouvelle Description des Indes orientales.

due de la chrétienté, était un devoir envers les individus de son ordre, dépendait, dans les pays qu'il allait parcourir, des sentimens naturels ; des soins terrestres se mêlèrent donc nécessairement à une entreprise qui se rapportait au ciel, et le saint fut obligé de pourvoir aux besoins du prélat et de l'homme.

Son plan était de se rendre de Tatta à Lahore, en suivant le cours de l'Indus ; et de Lahore dans la province de Cachemire. Choisir pour le principal lieu de sa mission cette province éloignée et peu connue, était le projet d'un de ces génies qui saisissent d'un coup-d'œil ce que les esprits vulgaires n'aperçoivent qu'en détail ou jugent impraticable. Entrer dans ces régions où l'ardeur de la

conquête et l'aventureuse avidité du com-
merce n'avaient pu faire pénétrer ; franchir ces limites par-delà lesquelles les pas
d'un chrétien ne s'étaient jamais portés ;
prêcher la doctrine de l'abnégation de
soi-même dans le pays des jouissances
continuelles, sous ces délicieux ombrages
que l'Indien considère comme une image
du céleste Indra ; au lieu même de la
naissance de Brahma, attaquer à sa source
cette religion dont ceux qui la pratiquent
font remonter l'établissement à une époque plus reculée que toute tradition humaine ; une religion qui a survécu à toutes
les vicissitudes du temps, au choc de l'in-
vasion, à la persécution de l'intolérance ;
c'était le projet d'un génie audacieux,
qui se confie en lui-même, et sent qu'il
s'élèvera toujours à la hauteur des cir-

constances; et surmontera tous les obstacles humains qui s'opposeraient à ses
efforts; c'était la pensée d'un homme
plus excité qu'arrêté par les difficultés,
et qui s'anime à l'aspect du danger.

« La personne, le caractère, les qualités
du Missionnaire ne pouvaient manquer
de le rendre très-populaire; et, durant
quelques semaines qu'il passa à Goa, le
confessionnal où il absolvait les péchés
des cœurs contrits, et la chaire d'où il
prêchait, furent toujours entourés d'un
nombre prodigieux de pénitens et d'auditeurs. Son éloquence était irrésistible.
Véhément, passionné, souvent pathétique ou sublime, il touchait le cœur
quand l'esprit résistait, et il persuadait

alors même qu'il ne parvenait pas à convaincre.

Le départ du nonce fut accompagné de circonstances peu analogues au caractère d'un apôtre de celui qui, s'approchant du lieu où il allait annoncer aux puissances de la terre sa mission divine, fit choix de la plus humble monture. La marche du Missionnaire ressemblait à un triomphe. Les plus illustres familles portugaises de Goa lui composaient un cortège, et les hommages de la multitude le suivirent jusqu'au rivage où il allait s'embarquer pour Tatta. Il traversa modestement la foule; mais à travers son humilité, on découvrait une grande âme, qui sentait que sa force et son zèle n'é-

taient point au-dessous de sa sainte entreprise. Tous augurèrent favorablement
des succès d'un homme qui réunissait en
lui la piété d'un saint et l'énergie d'un
héros. Il s'embarque ; l'ancre se lève ; un
vent favorable enfle la voile. Le Missionnaire, debout sur le pont, conservait un
air digne ; mais il était ému, et le triomphe de la religion jetait un doux éclat
sur sa physionomie. Quittant sous de si
heureux auspices le centre de sa mission,
il avait la perspective d'un retour plus
triomphant encore. Son cœur se dilata,
et ses émotions se peignirent dans tous
ses traits. Le vaisseau était déjà loin du
rivage, que son oreille recueillait encore
les hommages offerts à ses vertus. L'humilité du religieux rejeta ce tribut, mais
le cœur de l'homme palpita d'une ardeur

qui n'était pas toute sainte ; et celui qui, dans l'exaltation de sa piété, tentait d'aimer Dieu en demeurant insensible même au plaisir qui accompagne cet amour, par un mouvement naturel plus puissant que l'influence de son zèle stoïque, jouissait involontairement du suffrage des hommes,

CHAPITRE III.

LE soir même du jour où le nonce apostolique arriva à Tatta, il s'embarqua sur l'Indus, dans un petit bâtiment armé de douze avirons. Il ne vit pas sans intérêt le second des grands fleuves de l'Orient; ce fleuve consacré par les traditions religieuses des contrées qu'il arrose, mémorable par son rapport avec les plus grands événemens que l'histoire nous ait transmis; ce fleuve dont le cours servit de guide dans une entreprise audacieuse, et fit entrevoir au conquérant de l'Asie ces pays qui depuis, si intimément liés

5*

avec les intérêts de l'Europe, ont con-
tribué à la fortune et au luxe des états
modernes, et influé d'une manière si
frappante sur les mœurs et les habitudes
des peuples de l'Occident. Sur les rives
de ce fleuve, la scène changeait d'un jour
à l'autre. Dans ses sinuosités, tantôt il
traversait les déserts impénétrables de
Sirvie, dont les vents brûlans ne sont jamais rafraîchis par la rosée ; tantôt il ar-
rosait les forêts de manguiers du Moul-
tan ; tantôt il baignait de ses eaux ces
herbes qui, dans leur épaisseur et leur
sombre verdure, offrent une retraite au
tigre rusé, ou servent d'asile au sanglier
poursuivi par la pique du chasseur indien. Ici, se répandant au loin, il réfléchissait, sur son immense surface, des
campagnes magnifiques, ou des images

de la guerre ; à des villages hindous, entourés de champs de cannes, et de rizières, promettant une riche moisson, succédaient les hautes tours d'une forteresse mogole, ou les remparts croulant de vétusté d'un château de rajah. Ici l'on voyait s'élever au milieu des mornes cyprès, les minarets d'une mosquée ; là, les coupoles d'une pagode réfléchissaient les rayons du soleil, à travers le large feuillage des bananiers. Plus loin, le pêcheur épouvanté ; fuyant de toute la vitesse qu'il pouvait imprimer à son canot, le hideux gurreal, avide de sa proie, animait, en y répandant la terreur, une scène que déjà le silence et les ombres du soir rendaient imposante. D'autres fois, quand le rivage plus sûr inspirait de la confiance, on voyait des groupes

d'Indiens simples et timides, qui, durant
la fraîcheur de ces délicieuses soirées qui
succèdent à des jours brûlans, s'acquit-
taient de leurs dévotions sur les bords
du fleuve, ou se plongeaient dans ses
eaux, convaincus par leurs dogmes religieux, que leur âme participant au plaisir que les sens goûtaient dans cette ablu-
tion, n'en était pas moins purifiée que
leur corps.

Lorsque la barque vogua légèrement
sur cette branche de l'Indus, qu'on nomme le Ravée, l'imagination du Missionnaire ne fut occupée que du souvenir de
l'entreprise d'Alexandre; et tandis que
ses regards rencontraient les mêmes sites,
les mêmes formes, les coutumes et les
habillemens qui avaient frappé d'étonne-

ment les Macédoniens, deux mille ans auparavant, ses connaissances historiques et son esprit méditatif lui procuraient les moyens de reconnaître avec précision, et lui faisaient remarquer avec un vif intérêt, les lieux où Alexandre avait combattu, où Alexandre avait été victorieux.

Arrivé à Lahore, il entra dans cette ville, l'une des plus magnifiques de l'Orient, à l'époque où l'infortuné Dârâ y était venu chercher un asile, en attendant les forces que son héroïque fils, Soliman, réunissait, pour le mettre en état de recouvrer son empire, qui lui avait été arraché par l'heureux génie d'Aureng-Zeb *.

* Dârâ, s'étant avancé au-delà du Behut, prit pos-

Lahore était alors la borne la plus reculée des entreprises du christianisme dans l'Inde. Les Jésuites y avaient un couvent; et la tolérance des idolâtres était portée si loin à leur égard, qu'il leur était permis d'y exercer leur religion, avec toutes les cérémonies publiques, et sans la moindre contrainte*. Le Missionnaire fut reçu, par cette communauté, avec tout le respect dû aux pouvoirs dont il était revêtu par l'autorité ecclé-

---

session de Lahore; il laissa reposer son armée, et s'occupa dans cette ville à lever des troupes et à réunir les revenus de la couronne. *Histoire de l'Hindoustan*, vol. III, p. 274.

* Autrefois les Jésuites avaient un établissement dans cette ville; ils y remplissaient leurs fonctions sacrées, et offraient aux yeux des Mahométans et des Gentils, la pompe de leurs fêtes. BERNIER.

siastique et civile ; mais ses principes et
son austère discipline ne lui permirent
pas de demeurer avec des hommes dont
les mœurs relâchées et la conduite irré-
gulière ne disposaient pas ceux qui en
étaient témoins à croire à l'excellence de
la religion qu'ils professaient. Il ambi-
tionnait de s'établir un caractère tout-à-
fait différent ; et, comme les anciens Missionnaires de la primitive Église, ou
comme ces pieux Saniassis, qui sont en
si grande vénération dans l'Inde, il dressa
sa tente au bord d'une forêt voisine.
Bientôt il attira l'attention des Indiens,
par la pureté d'une vie qui ne choquait
ni leurs anciens usages, ni leurs opinions
populaires, et par une tempérance et
une abnégation de lui-même, qui s'ac-

cordaient avec l'idée qu'ils avaient de la perfection*.

Il résolut de rester à Lahore, jusqu'à ce qu'il possédât le dialecte de la haute Inde, où la langue primitive, suivant l'opinion commune, s'est conservée de temps immémorial. La connaissance qu'il avait de l'arabe et de l'hébreu lui apla-

---

* M. de Thevenot parle d'un couvent de religieux hindous à Lahore; ils ont un général, un provincial et d'autres supérieurs; ils font vœu d'obéissance, de chasteté et de pauvreté; ils vivent d'aumônes, et ont des frères lais qui quêtent pour eux; ils ne mangent qu'une fois par jour; le premier précepte de leur ordre, c'est de ne pas faire aux autres ce que nous ne voudrions pas qu'on nous fît; ils souffrent patiemment les injures, et ne frappent jamais quand ils ont été frappés; et il leur est défendu de regarder une femme.

nit les difficultés d'une étude à laquelle il se livra avec le zèle et l'enthousiasme que lui inspiraient ses grands desseins. Il avait pris pour instituteur un Pundit très-érudit, qui, dès sa jeunesse, versé dans les affaires, avait parcouru plusieurs contrées de l'Asie, en qualité de secrétaire ou d'interprète. Il était de la secte des Musnavi (culte de l'Invisible). C'est la religion des philosophes de l'Hindoustan. Cependant il respectait en public des doctrines qu'il méprisait en secret; les dogmes les plus raisonnables de la théologie des Brahmines, comme leurs plus absurdes fictions, n'étaient à ses yeux que des puérilités; mais la crainte de ce qu'on appelle la perte de caste, sorte d'excommunication qui expose à toutes les misères de ce monde, lui fai-

sait dissimuler ses sentimens. Il observait donc des usages, et pratiquait des
cérémonies dont il se moquait intérieurement. Né dans le Cachemire, il avait
toute la sagacité qui distingue les naturels de ce pays; et, malgré son indifférence pour toutes les religions, il était
enclin à favoriser la doctrine chrétienne, dont il avait conçu une idée
avantageuse, d'après le caractère du Missionnaire.

Quoique le Cachemire fût l'objet principal de la mission du P. Athanase, il
n'attendit pas, pour se livrer à son zèle,
qu'il eût pénétré jusque dans cette province. Dès que l'ignorance du langage de
ceux qu'il voulait convertir ne fut plus
un obstacle à sa prédication, il fit usage

de cette éloquence et de cet enthousiasme qui ont tant de pouvoir sur la
multitude; il fréquentait les lieux où le
peuple avait coutume de se réunir, près
des fontaines consacrées, et dans les par-
vis des pagodes. La tolérance des sectateurs de Brahma se montra dans leur in-
dulgence pour le Missionnaire; ils ne
firent éprouver aucune persécution à un
homme qui osait établir de nouveaux
dogmes, et combattre publiquement les
articles de foi d'une doctrine sur laquelle
reposait l'existence même de ceux qui la
professaient. Mais le P. Athanase ne réu-
nit autour de lui qu'un petit nombre
d'individus des dernières castes, qui,
l'écoutant plus par curiosité que par conviction, rejettaient avec indolence ce

qu'ils ne prenaient pas la peine d'exami-
ner ou de contester *.

En vain le nonce apostolique chercha
les occasions de s'entretenir avec les Brahmines en réputation dans cette province;
son Pundit, dont le déisme bien prononcé ne laissait aucune espérance de le
convertir, l'assura que les premiers indi-

---

* Un Hindou considère les distinctions et les pri-
viléges de sa caste, comme un droit qui lui appartient et qui ne peut se communiquer. Convertir ou
être converti, sont des idées qui répugnent à ses
principes profondément enracinés dans son esprit;
aussi jamais aucun Missionnaire, catholique ou pro-
testant dans l'Inde, n'a pu vaincre ces préjugés, si
ce n'est chez quelques individus des castes inférieures
ou expulsés de toute caste. *Voyage aux Indes*, par
Sonnerat, tome I, p. 58.

vidus de cet ordre sacré, qui remplissent
toujours les fonctions du sacerdoce,
étaient rarement vus par des Européens,
ou par des gens d'autre nation que la
leur. Il lui dit que, voués à la discipline
religieuse dans des familles distinguées,
ou renfermés dans leurs colléges, ils se
livraient, quand ils n'étaient point occupés des devoirs de leur religion, à la culture des lettres, à l'étude de la logique
et de la métaphysique, et que leur genre
de vie était semblable à celui des ascètes
du moyen âge. Il ajouta qu'ils ne s'écar-
taient de cette conduite uniforme, que
lorsqu'ils étaient élevés à quelque grande
dignité de leur hiérarchie sacrée; que
dans ce cas ils étaient obligés, à certaines
époques, de paraître en public dans toute

la splendeur de la pompe religieuse qui
est l'apanage de leur rang éminent et
de leur auguste ministère.

Après l'avoir informé de toutes ces circonstances, le Pundit tira de son sein
une gazette de la cour de Delhi *, et lut
ce qui suit : « Le saint et célèbre Brahmine Rah-Singh, l'incarnation de Brahma
sur terre, et la lumière de toutes les
sciences, vient de parcourir les provinces
d'Agra et de Delhi, administrant le upa-

---

* « Gazettes de la cour de Delhi.... qui marquent,
jour par jour, et non dans ce style empoulé qu'on
reproche aux Orientaux, ce qui se passe d'important
à la cour et dans les provinces. Ce sont des gazettes
répandues dans tout l'empire ». ANQUETIL DUPER-
RON, page 47.

seyda*, et il retourne dans le Cachemire, qui est l'image du paradis, par la
faveur du Ciel. Le gourou est accompagné de la fille de sa fille, qui a pris l'habit
sacerdotal, et est aujourd'hui Brachmachira. Elle a acquis une réputation de
sainteté qui s'est répandue par toute la
terre, et ses prophéties sont des rayons
de la lumière du Ciel ».

Le Pundit renfermant alors sa gazette,
lui dit : « Ce gourou, ou évêque, a la suprême juridiction dans tout ce qui concerne sa caste ; mais il survit depuis long-
temps à cette prodigieuse force intellec-

---

* Cérémonie semblable à celle de la confirmation
dans l'Eglise catholique.

tuelle qui lui a valu une si grande réputation; et son influence ne serait plus la même, si elle n'était soutenue par la célébrité méritée de sa petite-fille. Il l'a élevée dans la secte des Vedanti, qu'il professe lui-même. C'est la religion de l'amour mystique; et cette croyance convient merveilleusement à la vive imagination, aux tendres sentimens et à la pureté de principes d'une femme indienne. Sublime, abstraite, elle s'accorde très-bien avec l'idée qu'on peut se former d'une amabilité et d'une grâce parfaite ».

« Eh! quels sont, demanda le Missionnaire, les principaux dogmes de cette secte » ?

« Que la matière n'a point d'essence

indépendante de la perception mentale,
et que les sensations extérieures s'éva-
nouiraient absolument, si l'énergie divine cessait un moment. Que l'âme dif-
fère en degré, mais non pas en nature,
de l'esprit créateur, dont elle n'est qu'une
particule, qui sera un jour absorbée par
cet esprit. Que rien n'a d'existence pure
et absolue que l'esprit; et qu'un amour
passionné et exclusif du Ciel est le seul
sentiment qui ne fasse point illusion à
l'âme, et qui assure la félicité éternelle ».

« A une doctrine si pure et si sublime,
il ne manque que le sceau de la révéla-
tion pour la rendre divine », dit le Missionnaire.

Le Pundit lui répondit : « La religion

de Brahma, dans ses sectés et ses formes
variées, se distingue par sa sublimité; les
extravagances mêmes de son polythéisme
apparent, peuvent se réduire à l'unité de
Dieu; mais en même-temps les fables mythologiques qu'elle offre à la croyance de
la multitude, sont brillantes et poétiques,
de même que ses formes et ses cérémonies religieuses. Vous en pourrez juger
demain lorsque le gourou de Cachemire
entrera dans Lahore pour faire la cérémonie de l'upaseyda, dans la pagode de
Crishna. Là, après avoir distribué l'eau
consacrée, il entendra tous les savans de
la province, disputant sur les matières
théologiques. Comme ce théâtre est le
grand champ de bataille où l'on peut se
faire un nom parmi les Brahmines et

les lettrés de l'Inde, vous pouvez saisir cette occasion de répandre votre doctrine. En quittant l'habit européen, et en vous purifiant à la fontaine sacrée du temple, vous acquerrez le droit d'entrer dans le vestibule.

Le Missionnaire ne fit point de réponse à cette proposition. Il demeura enseveli dans ses réflexions ; mais on voyait qu'il était fortement excité par une pensée nouvelle. Son œil étincelait, et tout en lui décelait combien son esprit était agité. L'ambition du génie et l'enthousiasme du zèle religieux se confondaient dans l'expression de tous ses traits. Le Pundit, après avoir observé, en silence, l'effet que produisait sa proposition, se retira. Le Missionnaire passa le reste de la nuit en méditation et en prière, ayant alternativement sous ses yeux, le triomphe de son zèle, et sur ses lèvres, d'humbles supplications pour en obtenir le succès.

CHAPITRE IV.

LE jour où le gourou de Cachemire fit son entrée dans Lahore, fut, pour les habitans de cette ville, un jour de fête et de réjouissances. Les deux premières castes, celle des Brahmines et celle des Shudderis, sortirent par la porte d'Agra, pour aller au-devant de lui; les uns montés sur des chameaux richement caparaçonnés; les autres portés sur des palanquins ornés avec le plus grand luxe. Au lever du soleil, la sainte procession parut, descendant d'une éminence, et marchant vers la ville. Les prêtres, qui accompagnaient le gourou, montés sur des chevaux arabes, étaient en tête du cortége. Ils étaient suivis des ramganies, ou prêtresses dansantes du temple, qui chantaient les événemens de la vie de leurs dieux, durant leurs incarnations sur terre. Leurs mouvemens étaient mesurés, langoureux et pleins de grâces. Leurs hymnes étaient accompagnés du tamboöra, du seringa et d'autres instrumens dont les sons doux et solennels, propres aux sentimens tendres et religieux, excitaient dans l'âme des auditeurs des émotions qui n'appartenaient point entièrement au ciel.

Ce groupe qui, dans ses formes et ses mouvemens, représentait les premières heures de la jeunesse et de l'amour, était suivi du gourou, monté sur un éléphant qui s'avançait d'un pas majestueux; son howdah d'or était étincelant des premiers feux du jour. Les disciples du Brahmine entouraient son éléphant. Immédiatement après, on voyait un palanquin dont la simplicité contrastait avec la splendeur des objets qui l'avaient précédé. Sa draperie, formée d'une mousseline éclatante de blancheur, semblait une vapeur légère frappée des rayons du soleil levant; il était orné de guirlandes de camalata, fleur purpurine consacrée à Camdéo, le dieu de l'amour mystique. Le parfum de cette fleur a la propriété de calmer les sens.

Les acclamations, qui s'étaient fait entendre à la vue du gourou, cessèrent peu-à-peu à l'approche du palanquin. Un respect plus profond, un sentiment plus

pur, plus exalté, sembla prendre posses-
sion de la multitude; car, à travers le
voile transparent du palanquin, on voyait
indistinctement la plus sainte des vesta-
les, la prophétesse et la brachmachira de
Cachemire. Sa beauté parfaite, se mon-
trant ainsi sous un nuage, avait un charme
mystérieux, et frappait l'imagination de
l'idée d'un être incorporel. Les Indiens
du plus haut rang, la considérant comme
une émanation de Brahma, comme un
rayon de la divine excellence, reculaient
à son approche, de crainte que leur souffle
profane ne souillât la pureté de l'air
qu'elle avait consacré en le respirant; et
ils aspiraient eux-mêmes avec avidité le
parfum qu'exhalaient les fleurs sacrées,
ornemens de sa tête, comme si leur âme
devait en être purifiée. Ce palanquin était

sous la garde d'un grand nombre de pèlerines et d'autres personnes des premières castes des habitans de Lahore. Un corps de troupes du pays fermait la marche; la procession se rendit à la pagode de Crishna.

Après avoir contemplé un spectacle si nouveau pour lui, le Missionnaire se retira dans sa tente, avec cette impression d'horreur et de dégoût qu'une telle profanation de la religion et de son objet devait faire éprouver à un homme si pur, si zélé, si fort au-dessus des vanités mondaines, et totalement étranger aux idées dont ces représentations n'étaient que l'emblême. Cette musique, ces parfums, ce luxe, ces femmes, et toute la splendeur de cette procession extraordinaire, cho-

7*

quaient sa piété et troublaient aussi sa
pensée.

Il réfléchit un moment sur les périls
de son entreprise, dans un pays où l'air
même semblait être funeste à la vertu;
où tout inspirait la volupté, et la répandait jusque sur la sainteté de la religion
et de ses imposantes cérémonies. Tout
cela était absolument nouveau pour lui,
et propre à le surprendre; mais son zèle
s'échauffant à proportion des obstacles,
il attendit avec impatience l'arrivée du
Pundit qui devait l'introduire dans le
vestibule de la pagode.

Ils se rendirent avant midi au temple,
où l'on arrivait par plusieurs avenues,
plantées des plus beaux arbres. De tous

côtés, des bassins de marbre, remplis d'eau consacrée, réfléchissaient sur leur brillante surface, les dômes et les galeries de la pagode. Par-tout les fleurs dorées de l'assoca, l'arbre des rits religieux, répandaient leur parfum enivrant.

Se soumettant à ces préjugés qu'il ne pouvait espérer de vaincre un jour qu'en les respectant d'abord, le Missionnaire se laissa conduire vers une des fontaines sacrées; et, après s'y être baigné, il se revêtit du jama indien. En passant sous le portail de la pagode, il vit avec étonnement la grotesque figure d'une idole devant laquelle une foule séduite était prosternée. Il détourna ses regards avec horreur, baisa le crucifix caché sous les plis de son vêtement, et entra dans le

vestibule. La cérémonie du jour était
terminée ; les prêtresses avaient exécuté
leurs danses religieuses devant Crishna,
l'Apollon indien ; les offrandes accoutu-
mées, de fruits et de fleurs, d'or et de
parfums précieux, avaient été présentées
sur son autel ; et les lettrés des différentes
sectes de la religion des Brahmines étaient
réunis, à une distance respectueuse, à
l'entour du gourou, pour commencer
leurs controverses théologiques.

Au centre du vestibule, sur un coussin
élevé, reposait le vénérable Brahmine.
Une barbe blanche comme la neige lui
descendait jusques à la ceinture. En silence, immobile, calme, il semblait absorbé dans une douce et sainte méditation. Nulle trace des passions humaines

ne paraissait sur son visage : c'était le repos de la nature, l'absence de la mortalité; et il présentait à l'imagination la plus noble image de ce Dieu vénéré, dont lui-même croyait être une incarnation. Une balustrade d'or et d'ébène marquait la limite que nul ne pouvait franchir, excepté la prophétesse de Cachemire. Elle était assise près de lui, et n'avait point de voile; mais un air religieux, une apparence mystérieuse, semblaient former un nuage autour de sa personne. Tout autre ornement que celui des fleurs consacrées lui étant interdit par sa profession, son front n'était ceint que des grains d'écarlate du doux sumbal, la fleur du Gange; un collier formé de mougris, dont le parfum l'emporte sur l'essence de rose, accompagnait le dsandhem, ces trois cordons brahminiques qui sont la marque distinctive de sa caste privilégiée. Ses yeux baissés étaient fixés sur le muntra, rosaire indien, qu'elle portait en bracelet. Ses lèvres articulaient doucement le texte du Schastah. Quand, d'un léger mouvement de tête, elle rejetait en arrière les tresses noires qui cachaient son front, on découvrait la petite marque sacrée du tellertum. Sa beauté, sa fraîcheur, son attitude, contrastaient d'une manière si frappante avec la vénérable figure de son grand-père, que le printemps d'une éternelle jeunesse semblait fleurir autour d'elle; on l'eût prise pour l'intelligence tutélaire de la mythologie des Hindous, nouvellement descendue sur terre de la sphère radieuse qui lui est assignée dans le zodiaque indien.

Près de la balustrade, les pélerines qui avaient suivi la prêtresse agitaient l'air avec des éventails de plumes de paon, et répandaient le parfum qu'exhalaient les guirlandes de fleurs de la Brachmachira. Des deux côtés du vestibule, on voyait des groupes des différentes sectes de Brahma et de Bodda; des pélerins, des fakirs, et les premières castes de Lahore, remplissaient le reste de cette vaste enceinte.

Les lettrés parlèrent chacun à son tour, sans paraître éprouver ni inspirer d'enthousiasme. Satisfaits d'exposer leur doctrine, ils s'occupaient très-peu de combattre celle des autres. Un dévot de la secte des Musnavi, parla le premier; il vanta les mystères de Bhagavat, et expli-

qua la profonde allégorie des six Ragas*,
qui épousèrent des nymphes, furent pères
des génies aimables, et président aux
saisons. Un élève de l'école de Vedanti,
peignit les transports de l'amour mystique, et soutint que rien n'existait que
l'esprit. Et, après lui, un sectateur de
Bodda soutint la doctrine de la matière,
comme le seul système exempt d'illusions. Un autre parla du cinquième élé-
ment, ou de l'esprit subtil, cause de l'at-
traction universelle, qui fait que la plus
petite particule est entraînée vers une
destination particulière. Tous, s'égarant
dans des mystères au-dessus de la portée

---

* Le *Raga Mala*, ou *le Collier de Mélodie*, contient une description très-poétique des Ragas et des
nymphes de leur suite.

de la raison humaine, ou dans l'obscur dédale des théories métaphysiques, donnaient un exemple du danger de ces sciences abstraites, qui, inutiles au bonheur de l'homme, furent empruntées autrefois par les Grecs eux-mêmes des sages de l'Inde, et qui, ressuscitées dans l'Europe moderne, ont acquis à quelques philosophes une vaine et passagère réputation.

Dans un moment de silence, le nonce apostolique parut soudainement au centre du vestibule. Sa haute stature, son port noble, son air majestueux et digne, le feu qui éclatait dans ses yeux, la douceur religieuse répandue sur toute sa personne, tout en lui faisait un contraste frappant avec la taille et les formes ché-

tives, le teint livide, l'air triste et timide
de la plupart de ceux qui l'entouraient.
Vêtu d'une robe blanche, la tête et les
pieds nus, on l'eût pris pour l'esprit
de vérité descendant du ciel pour répandre sa lumière. La première impression
fut décisive ; elle alla jusqu'à l'âme, et
les sens étaient déjà subjugués, qu'il ne
s'était pas encore adressé à l'entendement. Il parla, et la multitude se pressa
autour de lui ; il parla de la religion de
Brahma, des incarnations de son fonda-
teur, et de ces images symboliques des
attributs de la divinité : voile à travers
lequel on apercevait un système pur de
religion naturelle, qui, quoiqu'obscur et
incertain, était cependant digne qu'on
l'éclairât des lumières de la divine révé-
lation. Alors, élevant les yeux et fléchis-

sant le genou, il invoqua la protection du Dieu des chrétiens dans le temple même de Brahma ; et, entouré d'idoles et d'idolâtres, il proclama hautement sa mission, et prêcha la parole de celui dont il était prêt à attester la divinité, en versant pour lui tout son sang.

Son éloquence, d'abord foudroyante, semblait être la voix du Tout-Puissant proclamant ses lois ; mais bientôt, touché lui-même, il répandit les larmes d'un saint zèle. Son émotion et le feu de son enthousiasme se communiquèrent à ceux qui l'écoutaient. Quelques-uns crurent sans chercher à comprendre ; d'autres furent persuadés sans être convaincus. Beaucoup admirèrent, quoiqu'ils ne fussent point ébranlés dans leur croyance ;

mais tous cachèrent avec soin ce qu'ils éprouvaient, car leurs cœurs et leur imagination étaient encore victimes de la terreur qu'inspire *la perte de caste ;* et les vérités si claires, si nouvelles, offertes à leur raison, ne pouvaient vaincre des préjugés aussi forts et aussi anciens que ceux qui enchaînent l'esprit des Indiens. Il se tut, et tous demeurèrent dans un profond silence. Les mains croisées sur sa poitrine, il pressait le crucifix contre son cœur; ses yeux, pleins de douceur, étaient baissés; mais le feu de son zèle semblait encore ceindre sa tête d'une céleste auréole.

Le gourou de Cachemire, qui avait écouté les mystères bizarres des sophistes indiens, et les vérités pures du Mission-

naire chrétien, avec le même calme, et
peut-être, la même indifférence, se leva
pour parler, et donna une nouvelle impulsion à la multitude. Le préjugé et
l'habitude reprirent toute leur force; on
écouta avec vénération les paroles inco-
hérentes que prononçait, d'une voix tremblante, le vieux Brahmine, à qui on rendait presque des honneurs divins. Immobile, et sans paraître ému, il s'écria : « Je
mets mon cœur aux pieds de Brahma ;
je ne cherche qu'en lui la science. La dévotion seule peut nous rendre capables
de voir les trois mondes, le céleste, le
terrestre et l'éthéré ; méditons donc éter-
nellement, et souvenons-nous que les
devoirs naturels des enfans de Brahma,
sont la paix, la modération, la patience,

la droiture et la sagesse. Gloire soit à Wishnou » !

Il se tut. Le dôme du temple retentit d'acclamations : l'oracle du nord de l'Inde avait parlé, et ses paroles étaient reçues comme des traits de lumière. Une rapsodie qui n'avait rien à démêler avec le raisonnement, convenait à l'indolence des esprits indiens. L'éloquence du Missionnaire fut oubliée, et les disciples du gourou s'empressèrent de le conduire au collége préparé pour sa réception. La procession se remit en ordre ; l'encens s'éleva dans les airs, les prêtresses chantèrent l'hymne sacrée, et l'imposante magnificence de la plus puissante des superstitions humaines reprit tout son empire sur des esprits qui n'opposaient aucune résistance à sa force magique.

Le nonce apostolique demeura seul dans le temple, respirant un air parfumé, écoutant les sons langoureux de la voix des pélerines, et suivant de l'œil l'éclatante procession, qui, sortant des voûtes du temple, disparaissait, peu-à-peu, derrière les arbres dont la pagode était entourée. A ses pieds étaient des fleurs, tombées du palanquin de la prophétesse, lorsqu'elle avait passé près de lui. Debout, à la même place, il était loin de se sentir confondu; mais il n'était pas sans émotion. La succession rapide des sentimens qu'il avait éprouvés, était si nouvelle à un esprit aussi ferme, et jusque-là entièrement occupé d'abstractions, que du-

rant quelques instans il lui sembla qu'il
s'était fait dans tout son être un changement surnaturel. Mais ce trouble ne fut
pas de longue durée. Son génie vigou-
reux rallia bientôt ses forces qui avaient
un peu fléchi dans des circonstances si
nouvelles et si extraordinaires; et l'homme de Dieu retrouva cette paix du Ciel
qu'il n'avait, jusqu'à-présent, jamais perdue. Il promena ses regards autour de
lui, et vit de tous côtés les choquantes
images de la plus ténébreuse idolâtrie. Il
tressaillit, et se hâta de sortir de la pagode. Dans une des avenues, il rencontra
le Pundit. Le Cachemirien le compli-
menta, dans le langage hyberbolique de
l'Orient, sur la force irrésistible de ses
argumens et le pouvoir de son éloquence
incomparable : il lui dit que cette élo-

quence semblait être l'inspiration de
Dieu, et ne point appartenir à un mortel. Il ajouta que si son influence n'avait
pas été générale, du-moins elle semblait
avoir été décisive sur quelques individus.
Le Missionnaire le regarda avec un air de
sollicitude religieuse. « Ce que j'ai observé, dit le Pundit, est particulièrement
relatif à la Brachmachira, à la prêtresse
de Cachemire, dont la conversion, si
elle s'opérait, entraînerait celle de toute
sa nation ».

Une vive rougeur couvrit le visage du
Missionnaire, et il passa involontairement sa main sur ses yeux, quoiqu'il ne
crût point avoir à se reprocher un seul
regard indigne du Ciel. « Vous vous tai-
sez, dit le Pundit, et vous supposez la

chose impossible; j'avoue que j'en ai, à-
peu-près, la même opinion. C'est peut-
être le dernier pélerinage de la prêtresse,
et conséquemment la dernière fois qu'elle
paraîtra en public : car, excepté lorsqu'elles remplissent des fonctions sacer-
dotales, toutes les femmes de sa caste,
dans l'Inde, sont gardées dans la retraite
de leurs zenanas, avec une vigilance inconnue ailleurs. Habituées à cette sainte
retraite, les plus belles mêmes, parmi
les femmes des Hindous, ne regrettent
point un monde qu'elles ne connaissent
pas. Vouées à leurs époux et à leurs
Dieux, la religion et l'amour sont l'unique occupation de leur vie. Telles elles
étaient, quand Alexandre envahit leur
pays, telles elles sont encore aujourd'hui.
Tendres et pures, fidèles et pieuses, aussi

zélées dans leur amour que dans leur foi,
elles s'immolent, martyres de toutes
deux; elles expirent sur le bûcher qui
consume l'objet de leurs affections, afin
de jouir des promesses que la religion
offre à leur espérance : car le Ciel d'une
femme indienne est la société éternelle
de celui qu'elle aimait sur terre. Dans
toutes les religions de l'Orient, la femme
a toujours eu une grande influence, soit
comme prêtresse, soit comme victime;
mais les femmes de l'Inde sont plus particulièrement consacrées aux choses de
la foi; et, dans la religion de Brahma,
elles jouent un grand rôle. Les Ramgan-
nies, prêtresses qui officient, sont d'un
rang et d'une classe inférieure, à tous
égards, et se font distinguer par leur
zèle beaucoup plus que par leur pureté;

mais la Brachmachira est d'un ordre très-austère et très-vénéré, où ne peut entrer qu'une femme qui soit veuve et vestale *. C'est un paradoxe apparent, mais dont l'histoire de Luxima, la prêtresse de Cachemire, va vous offrir un exemple :

« Née dans la première caste de l'Inde, elle fut fiancée, dans son enfance, à un jeune Brahmine de haut rang; mais, depuis le jour où elle reçut la ceinture d'or de mariage, elle ne l'a plus revu. Il s'était voué au Tupaseya, ou saint pélerinage, jusqu'à ce que l'âge de sa fiancée lui permît de la réclamer. Il alla aux

---

* Voyez les Devoirs d'une Veuve fidèle, traduit du sanscrit par H. Colebrook.

cavernes sacrées d'Elora ; il visita le temple de Jagrenat, et mourut en retour-
nant vers le Cachemire, à Nurdwar,
pendant qu'il faisait pénitence près de la
source du Gange.

« Tendre, pieuse, ardente, Luxima
voulait monter sur le bûcher funéraire. Les
larmes et les infirmités de son grand-père
prévalurent sur sa résolution. Seule enfant
qui lui restât, elle consentit à vivre pour
lui, et elle embrassa le second parti réservé aux femmes qui, se trouvant dans
la même situation, sont filles uniques
d'une fille unique; elle devint Brachmachira. Les richesses de son opulente famille, suivant les lois de Menou, se réu-
nissent en elle, et sont employées en actes
de munificence publique et privée, pro-

pres à accroître la vénération du peuple,
que son zèle extraordinaire et l'austère
pureté de sa vie lui ont déjà fait obtenir.
Aller en pèlerinage, répéter fréquemment les cérémonies du culte de sa secte,
vivre en vestale, sont les devoirs particuliers de son ordre. L'esprit de prophétie est un don du Ciel qui lui est propre.
De toutes les parties de l'Inde, on vient
l'interroger sur les événemens futurs,
et ses réponses vagues sont considérées
comme des décisions, que le hasard confirme quelquefois, mais que jamais la
prévention ne reconnaît fausses.

» Il en existe peu de cet ordre actuellement dans l'Inde, et Luxima est la plus
célèbre. Mais ce n'est point seulement à
son zèle qu'elle doit sa prééminence : elle

est, par sa naissance, femme sacerdotale et cachemirienne; l'ascendant de sa beauté est donc pris quelquefois pour l'influence de son zèle, et, peut-être, la prêtresse reçoit souvent un hommage qui n'est offert qu'à la femme.*

» C'est une disciple de l'école des Vedanti; la délicatesse et l'ardeur de son imagination s'accommodent à merveille de cette doctrine d'une foi pure et fervente;

---

* « Assurément, dit Bernier, si l'on peut juger de la beauté des femmes sacrées par celle des femmes du peuple, que l'on rencontre dans les rues, elles doivent être extrêmement belles ». Page 96.

« Les femmes de Cachemire, nées dans un climat plus rapproché du nord, et dans un air plus pur, conservent leurs charmes aussi long-temps au moins qu'aucune femme européenne ». GROSSE, p. 239.

Tome Ier. 9

et les dogmes sublimes et passionnés de l'amour religieux, ont une grâce particulière dans une bouche et sur des lèvres qui semblent consacrées à la tendresse humaine. Tout en elle ajoute au charme mystique répandu sur son caractère et sur sa personne. Absorbée dans sa brillante erreur, dans les douces illusions de ses rêves religieux, elle croit être la plus pure incarnation du plus pur des esprits. Son âme élevée ne s'arrête à aucune des images sensibles qui l'environnent; elle est tout attachée au ciel qu'elle-même a créé; et sa beauté, son enthousiasme, ses grâces, son génie, contribuent à entretenir et à propager les erreurs dont elle-même est victime.

» Telle est la prosélyte que je propose

à votre zèle. Sa conversion opérerait, comme par enchantement, sur ses compatriotes, et les sectateurs de Brahma déserteraient les autels de leurs anciens dieux, pour voler au temple où elle offrirait son culte à la Divinité ».

Le Pundit se tut, et le nonce demeura long-temps en silence. Enfin, s'adressant au Pundit : « Ne m'avez-vous pas vous-même informé, lui dit-il, qu'il était presqu'impossible d'avoir une entrevue avec une femme de la caste des Brahmines » ?

— « Il est vrai, reprit le Pundit, que cela ne se peut guère avec une femme de distinction en général ; mais une Brachmachira, étant d'un ordre supérieur, inspire

9*

plus de confiance à sa famille *. L'approcher seulement, serait un sacrilége de là part d'une personne d'une autre caste que la sienne ; mais, obligée de faire ses dévotions au lever et au coucher du soleil, au confluent des rivières consacrées, elle peut être vue par ceux qu'aucun préjugé, aucune loi, n'empêchent de l'approcher ».

Ils étaient rendus à la tente du Missionnaire. Le Pundit prit congé de celui-ci, qui se retira pour s'acquitter de ses devoirs religieux dans la soirée.

---

* Les femmes sont si respectées dans l'Inde, que le soldat même ne se permet pas de les outrager au milieu du carnage et de la désolation. Dow, *Histoire de l'Hindoustan*, vol. III, p. 10.

CHAPITRE V.

LES cérémonies d'une religion qui forme un systême régulier de rites superstitieux, cimenté par tout ce qui peut assurer la dévotion de la multitude, sont scrupuleusement pratiquées par tous les sectateurs de Brahma. Parmi les fêtes brillantes, instituées en l'honneur de leurs dieux, il n'en est aucune qui soit aussi pittoresque, aussi imposante, que celle qu'ils célèbrent en l'honneur de Dourga, la déesse de la nature. Elle est accompagnée d'une musique et de jeux champêtres. « C'est ainsi, disent les pouranons,

ou commentaires sacrés, qu'elle fut éveil-
lée, par Brahma, durant la nuit des dieux».

L'aube blanchissait à-peine la tente du
Missionnaire, quand les sons de cette
musique frappèrent son oreille, s'approchant toujours, tandis qu'à genoux il
adressait au Ciel ses prières du matin. Il
se leva, et vit une procession religieuse
qui passait près de sa retraite, et se rendait à une pagode située dans la forêt,
et couverte de ses plus épais ombrages.
Des fakirs et des pèlerins ouvraient la
marche. L'idole était portée par des femmes, sous un dais de fleurs. Des prêtresses
dansaient devant son char de triomphe;
la magnificence de leurs ornemens voi-
lait leurs charmes, et, dans leurs mouvemens gracieux et langoureux, des clo-
chettes d'or, attachées à leurs poignets et

à leurs pieds, accompagnaient la mélodie de l'hymne qu'elles chantoient. Elles
étaient suivies du gourou de Cachemire,
porté sur un palanquin, et des Brahmines
du temple. La prophétesse était en tête
de ceux qui portaient les offrandes. Ses
yeux, pleins d'une douceur céleste,
étaient fixés sur un petit vase d'or qui
contenait les siennes, et ses joues semblaient plutôt réfléchir la couleur ver-
meille des grains de Malaca, enlacés dans
ses tresses noires, qu'être animées par
aucune émotion des sens. Les plis de sa
blanche et légère draperie ne dessinaient
qu'imparfaitement, malgré l'extrême sou-
plesse de l'étoffe, ses belles formes. Le
caractère particulier, empreint sur toute
sa personne, était celui d'une parfaite
modestie et d'une mystérieuse réserve.

toutes ses pensées semblaient appartenir au Ciel. D'autres femmes, consacrées aux rites religieux, l'environnaient; et le reste de la procession se composait d'une foule de gens de toutes classes, depuis le superbe shudderi jusqu'à l'humble soodar, qui portaient en tribut du riz et de l'huile, des fruits et des fleurs, des pierres précieuses et des parfums exquis.

En continuant leur marche, ils arrivèrent à un autel élevé à *Camdeo*, le dieu de l'amour mystique. A cette vue, tous les regards se portèrent avec dévotion sur la prêtresse. La procession s'arrêta. La jeune Sybille, debout devant l'autel, vit une multitude superstitieuse se prosterner à ses pieds. Tous invoquaient son intercession auprès du dieu qu'elle servait : des mères lui présentaient leurs enfans ; des pères l'interrogeaient sur le sort de leurs fils absens ; d'autres la questionnaient sur les événemens futurs de leur vie. Elle, aussi abusée qu'eux-mêmes en les trompant, éprouva bientôt les effets de sa crédulité, et parut au milieu d'eux dans tout le charme séducteur d'une sainte illusion. Son enthousiasme une fois excité, le désordre s'empara de son imagination ; elle se sentit inspirée ; elle prononça des discours incohérens, mais d'un accent si expressif et si doux, avec des émotions si extraordinaires et en même-temps si touchantes, que l'esprit ne résista plus à l'erreur des sens, et qu'un zèle fanatique confirma l'influence de ses grâces personnelles.

Jusqu'alors la curiosité avait engagé le Missionnaire à observer la procession; mais il s'éloigna pénétré d'horreur. Trop long-temps l'apôtre du christianisme avait été le témoin de ces rites impies, de ces hommages offerts par des idolâtres à une idolâtre; l'indignation qu'il en conçut provoqua en lui un mouvement de colère tout-à-fait nouveau dans une âme si tranquille, et peu conforme à sa constante habitude de gouverner ses sentimens et de dompter ses passions. Il considéra la prophétesse mensongère comme l'obstacle le plus fatal à son entreprise, et sa conversion comme le moyen le plus sûr de parvenir à l'accomplissement de ses desseins. Il frémit en réfléchissant à la faiblesse de l'homme, qui est souvent conduit à la vérité par les séductions de l'erreur; et il consacra le reste du jour à méditer sur les moyens de réaliser l'espérance qu'il avait conçue de placer un jour, sur la tête de la prêtresse payenne, le voile sacré d'une religieuse chrétienne.

Le ressort naturel des passions avait été comprimé chez le Missionnaire par son habitude de modération dans une vie solitaire; son impétuosité, son ardeur avaient été calmées par les principes de sa religion pure et toute spirituelle; et, quoique ses conceptions fussent promptes et rapides, il avait tellement accoutumé son esprit à se défier de sa première impulsion, que tout enthousiaste qu'il fût, il l'était cependant beaucoup moins par un premier mouvement que par la réflexion qui le suivait. L'idée qui avait été reçue de sang-froid dans son esprit, s'emparait peu-à-peu de son imagination, et acquérait une force qui déterminait sa conduite. C'est ainsi qu'il devenait ardent à l'exécution de chacune de ses entreprises, non parce qu'il en avait été d'abord frappé et s'était laissé aller à un premier mouvement, mais parce qu'il ne s'arrêtait qu'à celles qu'il avait mûrement pesées et examinées, sous toutes leurs faces. Alors elles mettaient en jeu toutes ses forces intellectuelles. C'est ainsi que quelquefois il excitait en lui la passion par la méditation, et que les habitudes de son caractère artificiel produisait le même effet qu'aurait produit, dans quelques occasions, son abandon à son caractère naturel.

Quand on lui peignit, pour la première fois, la prêtresse de Cachemire, elle ne fit aucune impression sur son esprit; quand il la vit recevant des hommages comme une divinité, quelque séduisante qu'elle fût, elle n'éveilla en lui d'autre sentiment qu'une pieuse indignation de cet abaissement de la raison humaine devant un fantôme de l'erreur. Quand son histoire lui fut racontée, quand il sut quel était son ascendant sur les esprits, il la considéra comme la dangereuse rivale du pouvoir que lui-même cherchait à obtenir, et comme le plus fort obstacle à ses desseins; mais lorsque le Pundit fit naître chez lui l'espoir de la convertir et de la rendre un instrument de la grâce divine envers sa nation, alors elle devint le continuel sujet de ses pen-

sées, et l'idée de Luxima se confondit
tellement avec l'objet de sa sainte mission, avec ses vues les plus pures, que,
même quand il était en prières, elle
troublait son imagination; et s'il deman-
dait au ciel de bénir son entreprise, le
nom de cette cachemirienne idolâtre se
trouvait dans son oraison.

Le gourou, avec sa suite, avait quitté
Lahore pour retourner dans sa province,
le soir même de la fête de Dourga; et
quelques semaines après son départ, le
Missionnaire commença son pélerinage
vers la haute Inde. Il était maintenant
en état de se livrer à la prédication. Il
parlait le pur hindou avec la même faci-
lité que les naturels du pays qui avaient
reçu de l'éducation, et il lisait couram-

ment le sanscrit. Il possédait aussi la to-
pographie de ces contrées; la vallée de
Cachemire, ses villages, sa capitale, ses
pagodes, le temple du collége de Brahmines que présidait le gourou, tout cela
lui était bien connu; et, pourvu de tout
ce qui lui était nécessaire pour le voyage,
il prit la route de Cachemire.

La robe noire de son ordre flottait
par-dessus son léger vêtement indien. Sa
tête était couverte de son capuchon, il
tenait en sa main la crosse pastorale, le
crucifix reposait sur sa poitrine. Les
fruits et les grains nourrissans que
la nature libérale lui fournissait abon-
damment, le soutenaient dans sa pénible
marche. C'était un apôtre des premiers
siècles de l'Eglise; modèle de foi pure,

de charité douce, et d'abnégation de lui-
même, il confirmait par son exemple
la doctrine divine qu'il prêchait. Mais il
vit avec douleur que la moisson ne répondait pas aux travaux du laboureur.
De quelque côté qu'il portât ses pas, le
zèle de la dévotion des Hindous se manifestait à ses yeux, en même-temps qu'il
découvrait par-tout, dans leur religion,
la preuve qu'il n'est point d'extravagance
que la superstition ne soit capable d'enfanter, ni de tourmens que le courage
religieux ne puisse faire endurer. Par-
tout il observa avec quelle flexibilité l'esprit humain se pliait à cette contrainte
qu'imposent les lois de la société, les
préjugés de chaque pays, et ses institu-
tions religieuses. Il sentit combien la loi
de l'opinion humaine était arbitraire;

combien il était difficile de déraciner des principes reçus, sans le concours du raisonnement, dans les premières années de l'enfance, s'affermissant avec l'âge, et se confondant avec les passions et les habitudes de la vie. Ces observations, qui sont applicables à la nature humaine dans l'Orient comme dans l'Occident, il les faisait pour la première fois, parce que c'était de nouveaux préjugés qu'il avait sous les yeux.

Mais à travers ce tissu de fables qui défigurent la foi des Hindous, il voyait quelquefois le naturel bienfaisant de ceux-ci, forcer la barrière des distinctions artificielles; et quoiqu'un sectateur de Brahma soit réputé infâme, et s'expose à la perte de caste, en mangeant avec un homme d'une autre religion, le Mission-

naire reconnut que l'Inde était le pays
de la véritable hospitalité. Des *choderies*,
ou asiles publics pour les voyageurs, se
trouvaient fréquemment sur son che-
min; et l'habitant de la plus humble hute,
était toujours empressé à étendre une
natte sous ses pieds, à offrir à l'étranger
l'abri de son toît rustique, et à présenter
à ses lèvres desséchées le doux lait du
coco. Heureux ceux qui, dans le nau-
frage de la raison humaine, conservent
du moins ces précieux vestiges de la bonté
du cœur humain !

En s'avançant vers le nord, le Missionnaire rencontra toujours le même accueil
et des mœurs patriarchales. Ceux, en
petit nombre, qui avaient entendu parler de l'Europe, le reconnaissaient, à son
teint, pour un natif de cette contrée; mais

la plupart, à sa haute stature, à la dignité
de son port, à l'expression de sa physionomie, le prenaient pour un voyageur
arabe ; alors ils le priaient de les entré-
tenir du génie de sa religion, ou lui de-
mandaient quelqu'un de ces contes qui
ont rendu leur nation célèbre dans l'O-
rient; et, lorsqu'il leur déclarait qu'il n'é-
tait point venu pour les amuser par des
fictions, mais pour leur porter la lumière
de la vérité; quand il proclamait l'objet
de sa mission, ils s'éloignaient avec effroi,
ou l'écoutaient avec incrédulité.

En vain il suppliait le Ciel de lui accor-
der le don des miracles, qu'avaient obtenu quelques-uns de ses prédécesseurs.
Il pouvait prier, veiller, souffrir comme
des saints ; mais il n'avait pas le pouvoir

d'intervertir l'ordre de la nature; et il lui
fut refusé d'arracher à l'erreur, par l'é-
tonnement, ceux qu'il tentait vainement
de subjuguer par la force de la vérité.

En moins de quinze jours, depuis son
départ de Lahore, il atteignit la haute ré-
gion, et ces redoutables plaines qui s'é-
tendent vers la base des énormes et noirs
rochers de Bimbhar. Seul, dans un désert aride, le Missionnaire connut toute
l'audace d'une entreprise accompagnée
de tant de périls; mais il n'en fut point
épouvanté. Un air brûlant corrodait ses
lèvres; quelquefois, en suivant le lit d'un
torrent desséché, le sol, que ses pieds
foulaient, semblait être une lave enflammée. Une soif ardente le consumait; la
mort se présentait à lui sous les formes

les plus hideuses, et toujours il la vit sans
pâlir. Les sources de la vie semblaient
être épuisées en lui, quand il parvint au
pied de ce rocher du passage de Bimbhar,
qu'on appelle *la bouche de la vallée de
Cachemire*. Sa hauteur, son escarpe-
ment, son aspérité en rendaient l'aspect
menaçant : faible, accablé de fatigue,
le Missionnaire le gravit avec peine. La
nature faisait en lui son dernier effort,
quand il parvint au sommet. Tout-à-fait
épuisé, il s'arrêta un moment, appuyé sur
sa crosse, et jeta un regard en arrière : il
vit l'horrible désert qu'il avait traversé,
et tressaillit. Il se tourna du côté opposé,
et la scène qui se déploya devant lui, sous
ses pieds, lui sembla le paradis s'ouvrant
pour recevoir un élu.

Renfermé dans l'enceinte d'une majestueuse chaîne de montagnes, Cachemiire, ce lieu de la naissance de Brahma, ce théâtre de ses avatars (incarnations), s'offrait à sa contemplation. La beauté de cette vue et une atmosphère balsamique, ranimèrent ses esprits et ses forces. D'un pas rapide, il descendit ce rocher, qui n'avait plus rien de rude, et qui, tapissé de plantes odoriférantes, était ombragé par d'élégans arbustes. La vie, les facultés de l'âme semblaient s'accroître en lui, en respirant cet air délicieux, et il éprouvait un vague sentiment de félicité pure. Le cusa, herbe souple, mais élastique, en recevant l'empreinte de ses pieds, répandait une odeur suave; les fruits dorés de l'assoca lui offraient un aliment doux

et rafraîchissant ; et une multitude de
ruisseaux argentés, réunissant leurs eaux
limpides dans des bassins naturels, sous
l'ombre du seringata, qui, par sa beauté,
a mérité une place parmi les constella-
tions lunaires, l'invitaient au plus doux
des délassemens.

Le soleil se couchait quand le Missionnaire entra dans la vallée de Cachemire *.
Un léger nuage de pourpre répandait sur
tous les objets un coloris enchanteur, et
leur faisait prendre, aux yeux du voyageur, des formes magiques. L'air était

---

* Suivant Forster, la plus grande étendue de cette
délicieuse vallée, du sud-est au nord-ouest, est à
peine de 90 milles ; d'autres voyageurs ne lui donnent que 40 milles de l'est à l'ouest, et 25 du nord
au sud.

légèrement agité par le vol des oiseaux qui venaient chercher le lieu de leur repos dans l'épais feuillage des arbres. Le silence de ce moment délicieux, n'était interrompu que par le doux murmure des ruisseaux tombant en cascades : tout respirait la volupté ; tout invitait au sommeil. Le Missionnaire céda au charme des nouvelles sensations qu'il éprouvait dans tout son être ; et, se couchant sur la mousse odorante, qu'ombrageaient les branches du magnifique pamelo, le chêne de l'Orient, il s'endormit.

CHAPITRE VI.

Déjà les neiges qui couronnent les sommets de la vaste chaîne du Caucase indien, étaient resplendissantes des premiers rayons du jour, et la lumière se répandait sur les collines de Cachemire, quand le voyageur chrétien sortit d'un songe aussi brillant, aussi pur qu'une vision prophétique. Il s'était cru transporté dans le séjour du juste, et il se réveillait dans un paradis. Délassé, rafraîchi, plein d'une nouvelle vigueur, il se leva, et offrit ses actions de grâce à celui dont la bienfaisance lui avait accordé ces doux momens.

Tome Ier.

Prenant pour guide le cours du Behut, et le suivant dans ses contours, il s'avança vers le district de Seri-Nagar. Environnée de ces hautes montagnes, dont les têtes superbes, s'élevant, tranquilles et lumineuses, au-dessus des nuages qui flottent sur leurs flancs, y répandent des torrens écumeux et des ruisseaux sans nombre, la vallée de Cachemire présentait, à l'œil du Missionnaire, des aspects toujours riants, toujours pittoresques, et continuellement variés. Quelquefois, des bois de manguiers, chargés de leurs fruits oblongs et dorés, étaient entremêlés de plantations de mûriers. L'épais feuillage de ces arbres nourrissait des milliers de ces insectes industrieux, qui conduisent d'arbre en arbre leurs fils d'or, dont les réseaux, flottant au gré du souffle em-

baumé des zéphirs, semblent être des
particules de lumière ; ou l'ouvrage
de quelque fée. Près de là, le tisserand
indien, émule de cette industrie, assis
devant son métier, sous l'ombrage de ses
bananiers, promenait ses doigts flexi-
bles entre les fils presqu'impalpables de
son tissu transparent. Ici, les ruines
d'une pagode se montraient, dans l'éloignement, à l'ouvert d'une forêt ; là, un
village hindou, construit de légers bam-
bous, et couvert des feuilles brillantes
du melon-d'eau, paraissait, entouré de
plantations de cotonniers. Sur les collines,
des pâtres promenaient leurs troupeaux
couverts de blanches toisons ; et de
jeunes femmes, portant, sur leurs têtes
voilées, des vases pleins de l'eau qu'elles
venaient de puiser aux fontaines consa-

crées, rappelaient au Missionnaire la
touchante simplicité de l'âge patriarchal.

Par-tout où l'apôtre chrétien paraissait, on le regardait avec curiosité et admiration. Son air digne imprimait le respect, et la douceur de ses manières inspirait la confiance «C'est, disaient-ils,
un saniassi, un pélerin de quelque contrée éloignée, qui s'acquitte du tupeseya
dans une terre étrangère »; et ils lui offraient tous les secours qu'ils auraient
accordés à un pélerin de leur religion.
Mais, lorsque prenant avantage de l'intérêt qu'il excitait, il leur faisait connaître le but d'une mission qui l'avait
amené de si loin parmi eux, ils s'éloignaient, en lui disant froidement :«Dieu
a donné à chaque tribu sa foi, à chaque

secte sa religion ; que chacun se conforme à la volonté de Dieu, et vive en paix avec son prochain ».

Des dispositions si prononcées contre le succès de son entreprise, l'affligeaient, mais ne le décourageaient pas. La persévérance d'une âme forte, était un des traits distinctifs de son caractère ; une espérance religieuse le soutenait, et il marchait avec courage vers le but de sa pieuse ambition. Il pensait que la conversion de la prophétesse était une tâche réservée à lui seul, et que la conversion du reste de la nation était un miracle que cette prophétesse pouvait seule opérer.

Il se dirigea donc sur Seri-Nagar ; et,

à quelques lieues de cette capitale *, il
aperçut une grotte dont il résolut de
faire sa demeure. Il était presque nuit
quand le Missionnaire arriva au pied
d'une haute montagne, qui semblait un
monument du premier jour de la créa-
tion. L'aspect de ce lieu écarté avait
quelque chose de solennel ; il y régnait
un éternel printemps. C'était le berceau
de l'enfance de la nature, quand elle s'é-
veilla pour la première fois dans toute sa
fraîcheur. Une masse de rochers, de
formes et de couleurs variées, entourait
le petit vallon. Les torrens écumeux,

---

* C'est ainsi que la nomment les Hindous et les
anciennes annales de l'Inde ; mais Bernier et Forster donnent à cette capitale et à son district le même
nom qu'au royaume on à la province entière.

tombant de la montagne, se partageaient en ruisseaux, dont le cristal liquide allait se perdre dans une branche du Behut, qui, dans ses débordemens périodiques, avait excavé le rocher, et produit la petite grotte que le Missionnaire choisit pour sa demeure. L'éclat des stalactites qui étaient suspendues à sa voûte de spath, semblables à des glaçons, avait fait donner à cette caverne, par les gens du pays, le nom de *grotte des congélations*. Quelque sauvage et écarté que fût ce lieu romantique, la proximité des huttes de quelques goalas, ou bergers indiens, assurait à celui qui l'avait choisi pour son habitation, les secours dont, malgré sa vie simple et frugale, il pouvait éprouver la nécessité. Aux environs, le doux lait du coco, le fruit de l'arbre à pain, le riz qui

croissait spontanément, une multitude
d'autres productions abondantes, et des
sources d'une eau pure, étaient les ali-
mens et les jouissances que lui prodiguait
la nature libérale envers ces fortunés
climats.

Le premier soin du Missionnaire fut
de construire, à l'extrémité la plus reculée de la grotte, un autel rustique, sur
lequel il plaça le crucifix d'or qu'il portait suspendu à sa ceinture. Ayant ensuite fait un lit de mousse et de feuilles
sèches, il passa la nuit dans le calme d'un
profond sommeil. Les premiers rayons
du jour, en pénétrant dans sa grotte par
quelques ouvertures, se réfléchirent sur
le crucifix d'or placé au-dessus de l'autel;
le cœur du chrétien tressaillit d'une sainte

joie, en voyant ces traits de lumière consacrée; il se leva, et se prosterna au pied
du premier autel élevé à son Rédempteur, dans la province la plus reculée et
la plus idolâtre de l'Hindoustan; puis,
prenant sa crosse, il sortit de la grotte,
semblable à l'esprit tutélaire de la magnifique contrée qu'il allait parcourir. Un
goala, qui descendait du rocher avec ses
chiens, lui rendit hommage, en passant,
par un de ces regards qui s'arrêtent involontairement et par une sorte d'instinct,
sur un être que la Providence semble
avoir formé dans toute l'étendue de son
pouvoir et de sa munificence.

Le Missionnaire, en suivant le sentier
qui conduisait à la grande route de Séri-
Nagar, sortit des ombrages de son vallon,

et découvrit, dans tout l'éclat d'un beau jour, la magnifique perspective des collines de Séri-Nagar, couvertes de culture. Au-dessus, s'élevaient en amphithéâtre, vers l'est, les montagnes neigeuses du Thibet. Mais ce qui attira le plus son attention, fut un bois de mangoustans, qui était encore couvert des légères vapeurs du matin. L'épaisseur de ce bois et son ombre mystérieuse excitèrent dans le Missionnaire le désir d'y pénétrer. Il suivit une apparence de sentier; mais, à la hauteur des herbes, à l'enlacement des plantes parasites, il jugea que ce passage était bien rarement fréquenté, si même il avait jamais été tenté. Des arbres touffus, croisant leurs branches au-dessus de sa tête, y formaient une épaisse voûte, et leurs racines entremêlées arrêtaient à

tout moment ses pas. Le bruit d'une cas-
cade était son seul guide dans ce laby-
rinthe. Il parvint enfin au massif de rochers, d'où ce torrent tombait et s'éten-
dait en une large rivière qui formait le
confluent du Behut et d'une branche de
l'Indus. Ce lieu était donc consacré *, et
un autel dressé sur le bord de la rivière,
en face du soleil levant, réfléchissait déjà
les rayons de cet astre, qui paraissait dans
toute sa magnificence au-dessus des sommets du Thibet. Devant l'autel, on voyait
une figure humaine, si toutefois l'on peut
appeler ainsi une forme fantastique, une
ombre légère, qui, touchant à-peine la
terre, semblait, par son attitude, un es-

---

* Les confluens des rivières sont des lieux sacrés
pour tous les sectateurs de Brahma.

prit aérien prêt à s'élever au ciel. De sa brillante chevelure tombaient encore quelques gouttes du cristal liquide où elle venait d'être plongée ; une draperie éclatante de blancheur, dessinait les formes les plus gracieuses. Un bras, orné d'un rosaire, était élevé vers le soleil; l'autre se porta trois fois au front, et le Missionnaire entendit prononcer, d'une voix douce et touchante, ces paroles tirées du livre saint des Brahmines : « Eaux pures et délicieuses, procurez-moi la ravissante vue des cieux, et de même que vous purifiez le corps, rendez mon âme exempte de toute souillure »! Cette apostrophe fut suivie de trois inclinations devant le soleil, et la voix continua : « Je médite sur ce pouvoir resplendissant qui est Brahma; j'obéis à cette lumière ca-

chée qui existe intérieurement en moi,
comme elle existe extérieurement dans
l'orbe du soleil, et qui n'est autre chose
que ce pouvoir, puisque je suis moi-
même une émanation du suprême Brahma[*].

Cet être mystérieux demeura alors
dans le silence d'une extase religieuse ; le
Missionnaire, par un léger mouvement,
changea de position ; et, dans l'enthousiaste qui venait de se comparer à l'astre,
objet de son culte, Athanase reconnut
les traits de Luxima. Au bruit qu'il fit

---

[*] L'Éternel, absorbé dans la contemplation de
son essence, résolut, dans la plénitude des temps,
de former des êtres participans de son essence et de
sa béatitude. SHASTAN, traduit en français.

en se glissant à travers les arbres, elle tressaillit, se retourna, et fixa ses regards sur lui, sans quitter sa gracieuse et dévote attitude. Émerveillés, ils se considérèrent en silence, et tous deux présentaient les plus nobles modèles de l'espèce humaine, telle qu'elle se montre dans les régions les plus opposées de la terre : elle, aimable et gracieuse ; lui, majestueux et imposant ; l'une, ayant le doux lustre et l'attrait enchanteur du pays qui l'avait vue naître ; l'autre, la vigueur et l'énergie qui appartiennent à de plus âpres climats ; elle, offrant l'image d'une créature formée pour sentir et se soumettre ; lui, présentant celle d'un être créé pour vaincre et commander : tous deux ministres et représentans des religions les plus répandues sur la surface du globe ; l'une, aussi enthousiaste dans ses brillantes erreurs, que l'autre confiant dans l'immuable vérité.

Le religieux chrétien et la prêtresse payenne demeurèrent quelque temps immobiles ; enfin, Luxima, d'un mouvement soudain, détourna son regard. A l'étonnement peint sur son visage, succéda une émotion de timidité ; elle rougit ; la réserve et la modestie tempérèrent la dignité et l'air inspiré de l'enfant de Brahma ; mais à mesure que la prêtresse disparaissait, la femme se manifestait ; et l'expression de l'aimable pudeur de son sexe couvrit le Missionnaire de confusion. Appuyé sur sa crosse, les yeux baissés, il gardait le silence.

Luxima était en ce moment semblable

à la fleur délicate qui se replie sur elle-
même et se ferme, lorsqu'elle éprouve
seulement le contact de l'air du soir. Elle
fut la première à interrompre cette entrevue si inattendue. Obligée, pour se
retirer, de passer près de l'étranger, elle
prit un air de majesté, et sembla craindre
que le vêtement d'un infidèle ne souillât
la pureté de celui d'une vestale, en le
touchant. Le Missionnaire ne lui adressa
pas la parole, et ne fit aucun mouvement pour s'opposer à son passage ; il la
suivit des yeux : bientôt elle disparut à sa
vue, sous l'ombrage d'une avenue d'assocas ; mais le regard d'Athanase demeura
long-temps fixé sur l'endroit où il avait
cessé de l'apercevoir. Le soleil, en s'élevant dans sa course, le tira enfin d'une
rêverie dont le sujet était si nouveau

pour lui. Il tressaillit, en reconnaissant
combien elle s'était prolongée, et mar-
cha involontairement vers le confluent
des deux rivières. L'essence de rose, mê-
lée à une matière onctueuse, était encore
répandue à la place qu'avait occupée
Luxima; et il aperçut une guirlande formée de *buchampaca*. C'est la fleur de
l'aurore; ses boutons, emblèmes de la
virginité, s'ouvrent aux premiers rayons
du soleil levant, se flétrissent et meurent
dès que cet astre darde ses feux du sommet de sa carrière, et leur parfum survit seul à leur existence passagère.

Le Missionnaire se baissa pour prendre cette guirlande, image de la fragilité
des charmes de celle qui l'avait portée.
Un scrupule de conscience la lui fit re-

jetter. Il savait qu'elle avait été employée
dans une cérémonie profane, et tressée
par des mains idolâtres. Mais il ne put
oublier que ces mains paraissaient si
pures, qu'on pouvait regarder comme
consacré tout ce qu'elles avaient touché,
et il espérait qu'elles placeraient un jour,
sur la tête de cette vestale, le voile d'une
religieuse chrétienne. Il blâma son scrupule et reprit la guirlande. Il y reconnut
le parfum qu'avaient répandu les che-
veux de la prêtresse, en passant près de
lui; et, ramené par-là au souvenir de
son entrevue avec elle, il oublia son
projet d'aller à Seri-Nagar, et retourna
vers sa grotte, en méditant sur l'incident
fortuit qui lui avait fait choisir, pour sa
demeure, un lieu si voisin de celle de la
prêtresse de Cachemire.

CHAPITRE VII.

LA chaleur de cette journée était extrême, la grotte était fraîche, et le Missionnaire ne fut point tenté de quitter une retraite si conforme à la situation de son âme, en ce moment. Il s'appliqua à lire l'Écriture-Sainte, dans une traduction abrégée qu'il en avait faite en langage hindou ; ses exercices ordinaires de piété l'occupèrent aussi ; mais, pour la première fois, il s'aperçut que ses pensées n'étaient plus aussi soumises à sa volonté. Cependant il remarqua qu'en changeant d'objet, elles n'avaient pas changé de nature, et, qu'en s'arrêtant

sur l'entrevue du matin, c'était toujours
pour la rapporter au but de sa mission.

Dès qu'il eut achevé l'office du soir, il
sortit pour respirer un air plus pur. Sans
aucun dessein prémédité, il porta ses
pas vers l'autel érigé au confluent des
deux rivières. L'aspect de ce lieu avait
changé avec la position du soleil. Le silence, l'ombre et la fraîcheur y régnaient,
tandis que l'avenue d'assocas était inon-
dée des flots de la lumière pourprée du
soleil couchant. Il erra dans ces lieux enchanteurs, jusqu'au moment où il se
trouva dans un petit vallon presqu'entièrement environné de collines. Une
échappée de vue, à travers des rochers,
lui découvrait les montagnes de Seri-
Nagar, qui bornaient la perspective. Au

centre du vallon, un ruisseau, se divisant en deux branches, formait une presqu'île d'un petit tertre couvert d'arbustes fleuris. A travers les branches enlacées, on découvrait les colonnes légères d'une varangue, qui faisait partie d'un pavillon, dont tout le reste était entièrement caché ; l'œil du Missionnaire fut enchanté de ce site romantique, que la douce clarté du jour qui s'enfuyait, rendait encore plus pittoresque. Tout avait un air mystérieux dans ce lieu retiré, et chaque arbre semblait consacré à des rites religieux. Le bilva, l'arbuste de la déesse Dourga * ; le murva, qui fournit un breuvage parfumé, et dont les fibres élas-

---

* La déesse de la nature dans la mythologie indienne.

tiqués servent à former les fils brahminiques; et le haut cadamba, dédié à la troisième incarnation, le plus élégant et le
plus saint des arbres de l'Inde ; tout di-
sait au cœur du Missionnaire, que ses
yeux étaient fixés sur la retraite de la
vestale de Cachemire.

Déjà il était frappé de cette conviction, quand un léger bruit se fit entendre au sommet de la terrasse. Il fit quelques pas en arrière, et aperçut, à travers les arbres, Luxima, qui descendait
aussi légère, aussi brillante qu'Iris. Elle
passa près du Missionnaire, sans le remarquer, répandant un parfum qui eni-
vra ses sens; il n'eut ni la force de la
suivre, ni celle de lui parler; il fit le
signe de la croix, et se mit en prières.

Celui qui, dans un temple profane, avait prêché contre l'idolâtrie, en présence d'une multitude superstitieuse, avec toute l'intrépidité d'un saint dévoué au martyre, maintenant dans une charmante solitude, où tout semblait en harmonie avec sa douceur évangélique, tremblait de s'adresser à une jeune femme timide. Tandis qu'il hésitait, Luxima s'était approchée du courant, éclairée par les derniers rayons du soleil. Trois fois elle s'inclina devant cet astre ; puis élevant ses mains vers le couchant, avec tout l'enthousiasme d'une dévotion fervente, quoiqu'égarée, elle récita l'office du soir dans sa religion.

C'est alors qu'un zèle aussi ardent anima le prêtre chrétien ; il s'élança en ayant, saisit un des bras élevés dans ce culte impie, et, sortant de sa douceur évangélique, il s'écria avec véhémence : « Être abusé ! savez-vous ce que vous faites ? vous profanez, en l'offrant à la créature, l'hommage qui n'est dû qu'au Créateur » !

L'Indienne, muette d'étonnement, était tremblante sous sa main ; elle fixa un moment ses regards sur le Missionnaire ; et bientôt, à la surprise, à la crainte, succéda sur sa physionomie l'expression d'un sentiment plus profond. Le feu de l'indignation se répandit sur son visage ; son sourcil se fronça sur son œil languissant. L'étranger, en la touchant, avait commis un sacrilége ; il avait saisi une main que la caste royale n'au-

rait osé approcher qu'en tremblant; il
avait également choqué le préjugé na-
tional et la délicatesse de la femme; il
avait violé le caractère sacré de la prêtresse; elle se dégagea donc en frémis-
sant de courroux; et d'un air impérieux
elle lui dit : « Éloigne-toi, que je puisse,
en me plongeant dans ces eaux saintes,
effacer la souillure que j'ai reçue de ta
main; laisse-moi expier un crime dont
je porterais la peine, quoique j'en sois
innocente ».

Le Missionnaire, conservant un air
digne, mais en même-temps affectueux,
laissa tomber ses bras, baissa les yeux,
et répliqua : « Ma fille, en t'approchant,
j'obéis à une volonté au-dessus de la
tienne; j'obéis à une puissance qui m'or-

donne de te dire que le préjugé auquel ton esprit se soumet, est contraire au bonheur comme à la raison ; et qu'une religion qui établit ces distinctions, ne saurait être la religion de la vérité : car celui qui nous a créé tous deux, ne les connaît pas : celui qui est mort pour racheter mes péchés, est aussi mort pour ton salut : enfans de contrées différentes, nous sommes les enfans d'un même père, tous héritiers de la même immortalité ».

Il se tut. Luxima le considéra avec timidité, et des émotions très-variées se montraient successivement en elle ; enfin elle s'écria : « Etranger, tu dis que nous sommes de la même *caste* : es-tu donc un rayon de la divinité ; et, comme moi, seras-tu un jour absorbé dans sa lumière?

Ah, non! tu voudrais me tromper; mais tu ne le peux. Tu es cet audacieux infidèle, qui, dans le temple de Lahore, a renié le triple Dieu et la sainte Trimurti, Brahma, Wishnou et Shiva; c'est toi qui as osé imiter le sixième avatar, dans lequel Brahma vint, comme prêtre, pour détruire les religions des nations, et répandre la sienne. Oui, c'est toi qui voudrais paraître comme un Dieu parmi nous; et, en nous détournant de notre vraie foi, nous priver de notre caste sur terre, et nous plonger ensuite dans le sombre narac, le séjour des mauvais esprits. Je te connais bien, et ton pouvoir est grand et redoutable : car, environnée des autels des Dieux que j'honore, ton image seule a frappé mes yeux; et quand Brahma parlait par la voix de

15*

son gourou, les accens de la tienne sont seuls demeurés dans mon oreille. Avant que tu eusses ouvert la bouche, je te prenais pour le dixième avatar, qui est encore à venir ; et quand je t'ai entendu, j'ai jugé que tu étais un de ces génies de la croyance des Arabes, dont les paroles sont douces, mais mensongères. Cependant, on dit que tu es un chrétien et un sorcier ; et le châtiment, avec son *noir aspect* et ses *yeux rouges*, attend les âmes de ceux qui t'écoutent et te croyent ».

En achevant ces mots, rapidement prononcés, confuse de sa témérité, en s'adressant ainsi à un étranger d'un autre sexe que le sien, et troublée par une multitude d'émotions fortes et nouvelles, elle voulut se retirer ; mais le Missionnaire, saisissant un des plis de sa draperie, lui dit avec une dignité imposante : « Je te commande, au nom de celui qui m'a envoyé, de demeurer et de m'écouter ».

Luxima se retourna ; elle était pâle, tremblante, et ses mains suppliantes étaient étendues vers lui. La crainte, l'horreur de la profanation qu'elle se voyait contrainte de souffrir, semblaient agiter son âme. Le Missionnaire, touché de la douceur de son air, et craignant de perdre tout espoir d'une autre entrevue, s'il persistait à la retenir, fit quelques pas en arrière, croisa ses mains sur sa poitrine, baissa les yeux en poussant un soupir, et lui dit : « Va ! tu es libre ; mais emporte avec toi les prières et les bénédictions de celui qui, pour te procurer le bonheur

éternel, ferait avec joie le sacrifice de sa
vie mortelle ». Luxima, très-émue, l'é-
coutait avec étonnement. Libre de s'é-
loigner, elle demeura encore un moment;
puis, levant les mains au ciel, comme si
elle invoquait la protection de quelque
Dieu tutélaire, elle s'élança légèrement,
et disparut bientôt dans l'ombre des
arbres.

Le Missionnaire, immobile, après l'a-
voir perdue de vue, resta plongé dans ses
réflexions. Le résultat de cet entretien
lui démontrait que l'infidèle le considérait, précisément comme il la considérait elle-même, hors des voies du salut,
et plongé dans les ténèbres de l'erreur.
Les préjugés de l'Indienne passaient, en
effet, les bornes d'une opinion abstraite :

car, non-seulement les paroles du Missionnaire lui paraissaient sacriléges, mais
sa présence même était pour elle une
souillure; et son fanatisme, à cet égard,
était porté si loin, sa foi religieuse se con-
fondait tellement avec son orgueil humain, qu'il était bien permis à l'apôtre
de croire possible la conversion de la nation entière, s'il pouvait parvenir à opérer
celle de Luxima. Mais aux obstacles qui
se présentaient, il opposait le succès qui
avait déjà couronné ses premiers efforts.
Soit par un heureux hasard, soit par un
effet de la providence divine, il s'était établi près de la résidence de la prêtresse; il
connaissait le lieu où, soir et matin, elle
allait faire ses dévotions : il lui avait parlé;
elle lui avait répondu. Elle confessait, il
est vrai, qu'elle redoutait sa présence;

mais n'avait-elle pas aussi avoué l'impression profonde qu'il avait faite sur son
âme? N'avait-elle pas supposé qu'il était
une incarnation du Dieu qu'elle adorait?
N'avait-elle pas déclaré que, sortant de
ce temple où elle était entourée d'adorateurs, nulle image que la sienne n'était
restée présente à son imagination, nul
accent que le sien n'avait retenti dans son
oreille ?

Le cœur plein de cette conviction, le
Missionnaire retourna vers sa grotte d'un
pas rapide; il se persuada qu'il n'était
touché de cette pensée que d'une manière
religieuse, relativement à sa mission, et
que ses sentimens, comme homme, n'y
avaient aucune part. Il remercia Dieu de
ce que la grâce opérait dans l'âme égarée,

mais innocente et pure, de l'infidèle, lentement, il est vrai, et par l'intermède des sens : mais l'oreille qui avait été charmée, l'œil qui s'était fixé, étaient les organes de l'intelligence et les sources de l'entendement.

Le lendemain se passa sans que le nonce étendît sa promenade au-delà des huttes des goalas du voisinage. Ceux-ci, quand il les approchait, lui montraient toujours un visage riant ; mais lorsqu'il essayait de leur prêcher sa doctrine, il ne trouvait plus en eux que des indifférens ou des incrédules. Cette fois il soupira ; et jugeant que son heure n'était pas encore venue, il envisagea, en l'attendant avec une patience religieuse, le moment où il pourrait présenter, aux adorateurs de

Brahma, une néophyte dont la conversion serait le seul miracle qui signalât sa
mission. Mais quel miracle pouvait mieux
prouver la divinité de la doctrine qu'il
prêchait, que la foi d'une prêtresse de
Brahma, d'une prophétesse, en cette
doctrine? Il contempla donc, du sommet de son asile, les villes et les villages,
les palais des rajahs et les humbles caba-
nes de leurs sujets; mais il s'en tint éloigné. Le charme de sa profonde et douce
solitude, agissait, à chaque instant, plus
fortement sur son cœur et son imagination. Un jour et un air pur, de doux
sons, des odeurs suaves, un ciel toujours serein, des ombrages toujours frais,
le chant des oiseaux, le murmure des
cascades; tout, dans ce séjour enchanteur, rendait la vie une jouissance con-

tinuelle et innocente. Les goalas l'appelaient *l'hermite de la grotte des congélations*; et jugeant que c'était un fanatique bienveillant, un saint homme d'une religion inconnue, ils respectaient sa solitude, et ne la troublaient que pour lui porter les choses nécessaires à sa vie frugale.

Durant quelque temps, il s'interdit l'approche du bois sacré de la prêtresse. Son dessein était de lui inspirer de la confiance; et il craignait de produire un effet contraire par l'importunité. Cependant, le soir du troisième jour, il dirigea ses pas vers le pavillon de Luxima, marchant avec précaution et se tenant caché derrière les arbres, pour éviter d'être aperçu par quelqu'une des femmes, qui, en petit nombre, demeuraient chez la prêtresse, pour la servir. Non loin du confluent des deux rivières, il entendit tout-à-coup les gémissemens d'une créature souffrante. Il courut vers l'endroit d'où ces sons plaintifs partaient, et vit un jeune faon dans la gueule d'un loup. Cet animal féroce se montre rarement dans les paisibles forêts de Cachemire ; mais quelquefois il y vient des montagnes du Thibet, poussé par la faim. L'animal, sur-le-champ, laissa tomber sa proie saignante, et se jeta sur le Missionnaire. Celui-ci lui opposa la pointe de sa crosse ; mais la blessure qu'elle fit à l'animal, n'eut d'autre effet que d'accroître sa fureur. Il atteignit son adversaire, qui, jetant alors sa crosse, et saisissant le loup, combattit avec lui corps à corps. Le combat fut court, et bientôt l'animal étranglé fut étendu sans vie aux pieds du Missionnaire, qui rendit grâces à Dieu de la force qu'il lui avait donnée, et se hâta de porter secours au faon, dont la blessure ne se trouva pas mortelle. Couchée sur l'herbe, et tremblante encore, cette innocente et douce créature frappa le Missionnaire par sa beauté. Sa forme était élégante, et sa robe aussi douce au toucher que le velours. Il portait un collier d'argent agrafé avec une pierre précieuse; quelques caractères sanscrits étaient gravés sur ce collier; mais le Missionnaire ne s'arrêta point à les lire. Le regard suppliant du faon avait ému sa pitié : ce jeune animal paraissait apprivoisé, et il caressa la main de son libérateur, quand celui-ci le prit dans ses

bras pour le porter à sa grotte : car il ne
pouvait marcher ; et le Missionnaire
était d'un naturel trop compatissant pour
le laisser périr faute de soins et de nour-
riture. Il était, d'ailleurs, évident que
c'était l'animal favori de quelque personne de distinction ; et le Missionnaire
jouissait d'avance de la satisfaction de le
remettre à son maître : car, quoique ce
pieux solitaire eût dompté en lui toutes
les affections humaines, quoiqu'il vécût
entièrement pour le Ciel, n'aimant rien
sur terre, et n'inspirant aucun attache-
ment ; cependant il soupçonnait quelquefois le bonheur qu'un sentiment mu-
tuel pouvait procurer à d'autres moins
épris que lui de la perfection ; et il souhaitait alors vaguement qu'il lui fût aussi
permis d'aimer. Mais lorsque, se livrant

à cette pensée, elle l'occupait fortement ;
quand elle se portait sur un objet plus
élevé ; quand il supposait possible l'existence d'un sentiment plus cher, plus ardent ; quand cette idée, s'emparant de
son âme, ébranlait tout son être ; alors
son sang circulait dans ses veines comme
un feu dévorant, son cœur battait avec
force, il tremblait, il frémissait, il priait,
et se résignait.

Parvenu à sa grotte, le Missionnaire
posa le faon sur un lit de mousse ; il lava
sa blessure, et y appliqua des herbes salutaires. Il y attachait un bandage avec
les longs filamens du cusa ; quand la lumière, qui l'éclairait dans cette occupation, fut obscurcie tout-à-coup. Il était
en ce moment agenouillé ; il tourna la

tête, et vit que l'ombre était projetée
par une figure inclinée à l'entrée de sa
grotte. C'était Luxima; c'était la prêtresse de Brahma, qui se présentait elle-
même à l'entrée de la demeure du Chrétien; c'était la zélée Brachmachira, qui
n'était qu'à quelques pas de l'autel érigé
au vrai Dieu. Le Missionnaire demeura
immobile d'étonnement; mais il ne pouvait être abusé : ce n'était point une vision, un esprit céleste qui venait le visiter : car, malgré l'apparence fantastique
que lui donnait sa blancheur, sa légèreté,
son air céleste, c'était pourtant une
femme, c'était une idolâtre. D'un œil
plein de douceur, d'un regard timide,
et comme si son ombre même l'effrayait,
avant que le religieux eût eu la force de
se lever, elle s'avança au centre de la

grotte ; et, se mettant à genoux, en face de lui, auprès du faon, elle dit : « Almora, cher et fidèle animal ; toi que j'ai nourri et soigné comme l'aurait fait ta mère, tu vis donc encore ! et l'esprit innocent que renferme ton aimable forme, n'a pas encore passé dans une demeure moins pure ». Au son de sa voix touchante, le faon leva son œil languissant, et caressa la main de sa maîtresse : « Il vit », s'écria Luxima, dans un transport de joie ; et se tournant vers le Missionnaire, elle ajouta : « Et c'est toi qui lui as sauvé la vie » ?

En achevant ces mots, confuse, troublée, elle baissa ses yeux humides devant le regard fixe du Missionnaire ; ensuite, les relevant lentement, elle les promena,

avec admiration et curiosité, autour de
la grotte. Le soleil se couchait en face
de l'entrée, et la voûte, frappée de ses
rayons, semblait être tapissée de rubis.
Le crucifix d'or était éclatant, et la belle
figure de l'apôtre, vêtu d'un jama blanc,
achevait de donner à cette scène un air
d'enchantement, bien propre à charmer
une imagination indienne. Luxima la
considérait dans une sorte d'extase. Ses
regards se portèrent encore sur le Missionnaire ; soudain elle se lève, laisse
tomber la tête du faon qu'elle soutenait,
et d'une voix qui exprimait à-la-fois la
pitié et la terreur, elle s'écrie : « Tu es
blessé ». Le Missionnaire s'aperçut alors
que son jama était teint de sang sur sa
poitrine : « Tu vas perdre la vie avec ton
sang ! ajouta-t-elle en tremblant et s'ap-

prochant de lui ; toi qui ne ressembles
point aux autres infidèles, toi si compatissant pour un pauvre animal, souffri-
ras-tu donc privé de secours » ?

« Ma religion m'enseigne à aider, à
soulager tout ce qui vit et souffre, dit le
Missionnaire ; mais, ici qui me donnera
son assistance » ? Luxima changea de
couleur, elle vola hors de la grotte, et
revint un moment après. « Voici, dit-
elle avec feu, une feuille de lotos remplie d'eau ; lave ta blessure ; ensuite,
prends cette herbe, remède souverain
pour les blessures récentes, applique-la
sur ta poitrine : demain un médecin arabe
de Séri-Nagar sera près de toi pour te
soigner ». — « La blessure n'est pas dans
ma poitrine, répliqua le Missionnaire,

c'est mon bras droit qui a été déchiré par la dent du loup, et je ne puis me panser moi-même; mais je te remercie de tes soins charitables ».

Luxima était en suspens et très-agitée. La bienfaisance naturelle, la force du préjugé, la pitié, la contrainte imposée par sa religion, se combattaient en elle, et ses traits exprimaient tous les mouvemens de son âme. La nature enfin l'emporta; et, levant les yeux et les mains au Ciel, elle s'écria : « Gloire soit à Wishnou, qui protège ceux dont le cœur est pur, quoique leurs mains soient souillées » ! Alors, s'approchant avec timidité du Missionnaire, elle s'agenouilla à côté de lui, releva la manche de son jama, lava la blessure qui n'était pas considérable,

y appliqua l'herbe salutaire, déchira son
voile, et fit un bandage d'un morceau de
ce tissu consacré. Dans cette occupation,
elle pâlit et rougit plus d'une fois. Quand
sa main rencontrait celle du Missionnaire, elle tressaillait et se retirait ; quand
il la regardait, à l'instant elle détournait
son visage. Ses yeux se portèrent enfin
sur sa guirlande fanée qui était suspen-
due à une pointe du rocher ; elle rougit ;
et les baissant, ils se fixèrent sur le rosaire de l'hermite chrétien qu'elle-même
portait à son bras. Elle s'aperçut que le
Missionnaire considérait aussi ce rosaire ;
et, répondant à son air étonné, elle lui
dit : « Je l'ai trouvé, j'avais perdu ce faon
qui me suivait dans mes dévotions du
soir ; je le cherchais, et j'implorais l'assistance de Moudévi, la déesse de l'infor-

tune. Elle m'a conduite en un endroit où
j'ai vu des touffes du poil brillant de mon
favori, éparses près d'un loup qui, tout
mort qu'il était, imprimait encore la
terreur, par son air menaçant : *Qui
donc*, ai-je dit, *a été aussi puissant que
la colonne enflammée dans laquelle
Shiva manifesta sa force ? Quel est
celui qui, audacieux et terrible, a dé-
truit le destructeur ?* Ton rosaire m'a
tout expliqué ; et les traces du sang de
mon faon chéri ont guidé mes pas jusqu'à cette grotte merveilleuse, où je t'ai
trouvé, bienfaisant infidèle, agissant
comme aurait agi un Hindou, qui frémit en marchant, de crainte que son
pied ne foule quelque insecte impercep-
tible à sa vue. Gardes donc cet animal
blessé, prends-en soin, et, dès qu'il

pourra marcher, conduis-le, au lever
du soleil, sur la rive du confluent; là je
le recevrai ».

En disant ces derniers mots, elle s'appro-
cha de l'entrée de la caverne, et, adressant
au Missionnaire le salem, ce gracieux salut
de l'Orient, elle disparut. Un ange de lumière, descendu des cieux dans la grotte
d'Athanase, ne lui aurait pas causé plus de
surprise et d'émotion. Quand le trouble
de son esprit fut un peu apaisé, il se
reprocha d'avoir laissé partir Luxima,
sans profiter d'une occasion si favorable
d'augmenter sa confiance, et de se mé-
nager des entretiens plus fréquens. Il se
leva, reprit la robe de son ordre, et suivit l'Indienne d'un pas rapide. Bientôt il
l'aperçut, volant, comme une vapeur

légère, sous l'ombrage des arbres. Le
bruit de ses pas frappa l'oreille de Luxima; elle se retourna, et l'émotion de la
surprise colora son teint; mais bientôt
un timide sourire fit épanouir ses lèvres.
Le Missionnaire détourna les yeux, sou-
haitant en secret qu'elle ne sourît plus
ainsi : car l'éclat des perles qui ornaient
sa bouche, n'avait pas encore été terni
par l'usage du chunam; leur blancheur
faisait paraître plus vermeilles ces lèvres
dont le doux sourire, en tempérant l'air
de dignité de la sainte prêtresse, ne laissait plus voir que la grâce enchanteresse
de la femme.

Le Missionnaire l'avait rejointe. « La
rosée du soir, lui dit-il, tombe avec
abondance, le soleil se couche, et la

cause qui a poussé, dans ces paisibles
bois, un animal féroce, peut en amener
un second des montagnes du Thibet. Ma
fille, c'est ce qui m'a engagé à te suivre ».
L'Indienne ne se montra point offensée
de cette attention; elle y parut même
sensible; mais quand il l'appela du nom
de *fille*, elle regarda avec étonnement
celui qui s'arrogeait ainsi les droits sacrés
de la paternité; elle ne trouva sur son
visage, aucun titre à ces droits, et elle
répéta à demi-voix : *Ma fille !* — Oui,
répliqua le Missionnaire, son cœur se
dilatant par un vague sentiment de plaisir, oui, je voudrais te considérer comme
ma fille, être un père pour toi; je vou-
drois guider ton esprit égaré, comme je
guide à-présent tes pas; je voudrais te
défendre du mal et de l'erreur, comme

je te protège, en ce moment, contre le danger et les accidens ».

Le visage de Luxima s'adoucit en l'écoutant. Il ne s'adressait plus alors à ses préjugés, qu'il ne pouvait vaincre, mais à sa sensibilité qui était extrême : ce n'était plus le prêtre d'une religion qu'elle craignait, qui lui parlait, c'était un homme qu'on ne pouvait écouter ni regarder sans intérêt. Le Missionnaire reconnut alors quels étaient les moyens de captiver son attention, et de gagner sa confiance ; il quitta le langage apostolique, et lui parla avec une éloquence dont il n'avait jusque-là fait usage que dans la cause de la religion. Il l'entretint des merveilles de la ravissante contrée qui l'avait vue naître : de l'impression

que lui avait faite la figure vénérable de
son grand-père, dans le temple de Lahore; du profond intérêt qu'elle-même
lui avait inspiré, quand il avait entendu
conter son histoire; il lui parla de la
perte de ses tendres parens, de la mort
prématurée de son jeune époux, et des
austérités de la vie dont elle avait fait
choix. En s'étendant sur ce dernier sujet,
il était inspiré par le vif sentiment des
privations que lui-même s'était imposées;
en parlant de dompter les passions, il
s'exprimait en homme qui a en lui tout
ce qu'il faut pour connaître leur tyrannie, et pour les combattre; et il loua le
courage de la vertu, comme quelqu'un
qui estime la difficulté de la résistance,
en proportion de la force du penchant
naturel et des tentations extérieures. Il

15*

parlait une langue qui ne lui était pas familière, celle du sentiment; mais si elle n'avait pas, dans sa bouche, toute l'énergie qui caractérisait son éloquence religieuse, elle en avait du-moins le pathétique.

Luxima ne l'écoutait pas sans en être émue : son cœur était éloquent; mais les principes de sa religion, et la réserve de son sexe, lui fermaient la bouche; elle ne répondait à ses observations que par ses regards, et à ses questions que par des monosyllabes. Tout ce qu'il comprit de ses courtes et timides réponses, c'est que son grand-père était en ce moment à Seri-Nagar, dans son collége, et qu'elle vivait retirée dans son pavillon, n'ayant près d'elle que deux femmes pour la servir, et uniquement occupée des pieux exercices de sa profession. Mais, malgré sa réserve et sa circonspection, ses émotions variées, de soudaines rougeurs, des sourires de satisfaction, des soupirs de tristesse involontaire, et toutes ces expressions de sentimens vifs et tendres, qui, dans un état plus avancé de la société, sont voilées par des dehors de convention, ou cachées sous l'affectation, découvraient au Missionnaire un caractère où la tendresse et l'enthousiasme, le génie et la sensibilité se confondaient.

Quand Luxima fut arrivée au bas de la terrasse, le Missionnaire n'essaya pas de la suivre davantage. «Ma fille, lui dit-il, te voilà en sûreté dans l'enceinte de ta demeure. Que la paix soit avec toi!

Et puisse celui qui nous a donné à tous deux un cœur pour sentir sa bonté, te prendre sous sa garde, et te protéger ».
En s'exprimant ainsi, il leva au Ciel ses yeux éclatans d'une vive ardeur, et il joignit ses mains dans l'attitude de la prière. Les yeux, pleins de douceur, de l'Indienne, et ses mains innocentes, étaient aussi dirigés vers le Ciel, et en contemplant la splendeur du firmament, une dévotion sublime, excitée par l'enthousiasme du Missionnaire, s'était emparée de son âme.

Dans ce moment, le saint chrétien et la prêtresse payenne étaient en communauté de sentimens; leurs regards ne se détachèrent du Ciel, que pour se rencontrer. Leurs yeux étaient humides, et tous deux éprouvaient la force de la secrète sympathie qui les unissait. Luxima s'éloigna en silence; quand le Missionnaire l'eut perdue de vue, il s'écria : « Qu'elle est digne d'être sauvée ! et déjà l'aurore de la grâce répand sa lumière pure sur les sombres préjugés de son esprit égaré »! Alors il se rappela ses regards, ses rougeurs, ses moindres paroles...., tout dénotait une âme formée pour la plus haute dévotion, et un cœur doué des sentimens naturels les plus nobles et les plus délicats ! En méditant ainsi sur le caractère de sa future prosélyte, il erra autour de sa demeure, jusqu'au moment où la lune au méridien argentât le sommet des arbres. Alors les doux sons d'une musique solennelle attirèrent son attention. Ces sons mysté-

rieux partaient de l'endroit le plus élevé
de la terrasse. Séduit par des accords si
analogues à l'heure, au lieu, et au ton
de son âme, il monta de ce côté; mais
ses pas étaient lents, incertains, comme
s'il se sentait entraîné, contre son gré,
par une force inconnue. Arrivé sur le pla-
teau, il vit qu'il était planté des plus
rares arbustes. Une fontaine, placée à
l'endroit le plus élevé, faisait jaillir de
tous côtés une petite rosée, qui entrete-
nait la fraîcheur de l'air et celle des fleurs,
prodigues, en ce moment, de leurs plus
doux parfums.

Un pavillon, environné d'une varangue élégante et légère, s'élevait avec un
air de féerie, au milieu des ombrages
qui l'environnaient : ces sons aériens,

qui avaient attiré l'attention du Missionnaire; sortaient de l'intérieur de la varangue qui était éclairée, et son œil pénétra facilement à travers une partie du
treillage, qui paraissait renfermer un
appartement séparé. Il reconnut que la
lumière provenait d'une lampe suspen-
due au centre du plafond, sur lequel
étaient peintes des figures de la mythologie indienne. Au-dessous de la lampe,
il vit un petit autel, dont les degrés
d'ivoire étaient jonchés de fleurs.

L'idole qui recevait des offrandes sur
cet autel, représentait un enfant. A son
arc léger, à ses flèches garnies de fleurs,
le Missionnaire reconnut un des char-
mans jumeaux du Cupidon des Grecs.
Luxima, à genoux devant sa divinité tu-

télaire, accompagnait, avec la lyre indienne, l'hymne qu'elle chantait en
l'honneur du Camdeo ; les doux accens
de sa voix mélodieuse moururent sur ses
lèvres, et elle demeura quelque temps
dans une tendre rêverie; ensuite elle se
leva, mit de l'encens dans un petit vase,
où les feuilles du sami, arbre sacré, brû-
laient et jetaient une flamme phospho-
rique et bleuâtre : alors, s'inclinant devant l'autel, elle dit : « Gloire soit à
Camdeo, par qui Brahma et Wishnou
sont comblés de délices et de ravissement : car le véritable objet de la gloire
est d'être uni à notre bien-aimé : cet objet existe réellement; mais sans lui, ni le
cœur, ni l'âme, n'ont aucune existence»!

En prononçant cette invocation d'un

ton passionné, tous ses traits exprimaient les sentimens les plus ardens et les plus tendres ; ses paupières se fermèrent, et son âme parut absorbée dans une délicieuse vision.

Le Missionnaire s'éloigna précipitamment. Il en avait déjà trop vu et trop entendu. L'air même qu'il respirait, semblait communiquer à son imagination sa fatale douceur, et énerver son âme. Peu d'heures auparavant, l'Indienne avait partagé avec lui le sentiment d'une dévotion pure et sublime : maintenant il la voyait s'abandonner à un culte idolâtre. Jusques alors, son air et ses discours avaient été consacrés par la chaste réserve d'une vestale ; maintenant ils n'exprimaient que l'ardeur et la langueur de la passion; et la vierge, prêtresse et veuve, qui avait paru vouée au service du Ciel, dont elle était l'image sur terre, semblait n'exister que pour des sentimens auxquels le Ciel ne pouvait avoir de part.

Mais quel était l'objet de cette tendre invocation? En existait-il un, près d'elle, digne de s'interposer entre la prophétesse et son paradis d'Indra? Le Missionnaire se rappela son air et ses regards; et, se la représentant telle qu'il venait de la voir, dans tout le charme de sa beauté, de sa grâce et de son émotion, il pensa qu'elle ressemblait bien moins à la future fondatrice d'un ordre religieux, qu'à une de ces Raginis (passions femelles), qui, dans la mythologie poétique de sa religion, président à l'harmonie des sphères, et s'insinuent, par des sons enchanteurs, dans le cœur de l'homme, pour s'en emparer ; mais il écarta cette image séduisante, comme indigne de l'occuper, et il répéta involontairement les paroles de Luxima : « Le véritable objet de l'âme est la gloire d'une union avec le bien-aimé ». Tout-à-coup il se rappela la doctrine de l'amour mystique, et se ressouvint que, même dans sa propre religion, si sainte et si pure, il y avait des sectes qui empruntaient, pour rendre hommage au Ciel, les expressions de la passion humaine. Luxima fut alors justifiée dans son esprit : car il savait que cette vivacité d'imagination, qui ajoute à la ferveur de la dévotion, était encore plus grande dans l'Inde qu'en Europe ; il sa-

vait que la ligne, à-peine tracée, qui sépare le langage de l'amour de celui de la
religion, ne pouvait être aperçue que par
les esprits les plus purs. Quant à lui, ses
principes étaient rigides, et le stoïcisme
dominait dans la doctrine de son ordre;
le langage de sa piété, de même que ses
sentimens, était austère et sublime. Mais
il tolérait les pieuses faiblesses des autres;
et il se persuada que l'enthousiasme de
la charmante Payenne était un sûr pré-
sage du zèle et de la foi de la future
Chrétienne.

Les collines qui entouraient la vallée,
où le hasard avait fixé la résidence du
nonce, semblaient à-présent, à celui-ci,
une enceinte magique qu'il ne pouvait
franchir; et durant tout le jour qui sui-

vit celui où Luxima était venue le visiter, il erra près du sentier qui conduisait
au pavillon, ou revint à sa grotte pour
caresser le faon confié à ses soins. In-
quiet, agité, il était continuellement partagé entre l'espérance et les regrets d'une
attente trompée : car il pensait que l'hu-
manité de Luxima l'engagerait, à-présent qu'elle avait surmonté ses premiers
préjugés, à venir le visiter encore, pour
s'informer de l'état de sa blessure, et
voir le faon qu'elle chérissait. Une fois,
il crut entendre sa voix, il courut à l'entrée de sa grotte; mais c'était le packi-
mar, qui, en imitant le doux chant d'autres oiseaux, les attirait dans ses piéges.
Une autre fois, le bruit d'un pas léger
lui fit encore croire à l'arrivée de Luxima; mais il n'aperçut qu'un jeune homme

d'une taille élégante, qui, tenant en main une pique légère et brillante, semblait voler dans sa course rapide; à son jama d'éclatante blancheur, à sa ceinture, à son turban cramoisi, il reconnut un hircarah, fidèle courrier d'un rajah indien, ou d'un omrah mogol.

Le soleil, en se couchant, mit fin à des espérances que comprenait à-peine celui qui s'y livrait. Jusque-là son esprit n'avait reçu d'impression que par la religion, et toutes ses idées ne se combinaient que sous son influence; lors même que la beauté, la jeunesse et l'enthousiasme de l'Indienne avaient captivé son imagination, ce n'avait été qu'à l'aide de son zèle. Jusqu'à-présent, une femme était une créature tout-à-fait étrangère à sa pensée, et dont il ne soupçonnait même pas l'existence. La plupart des personnes de ce sexe, qu'il avait eu occasion de voir, soit en Europe, soit dans l'Inde, étaient de cette classe de la société où l'on rencontre rarement la délicatesse des formes et les grâces de l'esprit. Placé entre ces femmes et le Ciel, il ne les avait vues s'approcher de lui que pénitentes et contrites, flétries par l'âge, ou glacées par le remords; et il n'avait éprouvé pour elles que les sentimens qu'éprouvent les saints, en voyant des erreurs dont ils sont exempts. Son expérience ne lui montrait donc rien qu'il pût mettre en parallèle avec la prêtresse, soit pour les avantages extérieurs, soit pour le caractère. Ses songes, ses visions pouvaient, en effet, lui avoir donné l'idée d'une forme céleste, semblable à celle de Luxima; mais sur terre il n'avait rien vu qui lui ressemblât, ou qui lui fût comparable.

Cependant, en réfléchissant à ses charmes, il ne les considérait que comme la rendant plus digne d'être convertie, et plus capable de convertir. Il se ressouvenait que la lumière pure du christianisme s'était autrefois répandue par l'influence des femmes; que des vierges avaient propagé la foi, en versant leur sang pour l'attester, et pour obtenir la couronne du martyre. Cette considération sanctifiait sa sollicitude pour Luxima: désirer sa présence, l'attendre avec inquiétude, être peiné de son absence, étaient des sentimens qui lui paraissaient émanés du zèle religieux, et qui n'avaient rien de personnel à ses yeux.

Le lendemain il se rendit au confluent, avec le faon qui était assez rétabli, pour qu'il pût le ramener à sa maîtresse. Son cœur battit avec une violence tout-à-fait nouvelle pour lui, quand il aperçut Luxima, debout, sous un cannelier, et paraissant être la divinité du fleuve, dont les eaux limpides réfléchissaient sa taille élégante et sa figure gracieuse. Des fleurs ornaient son sein et ses bras; elle venait de terminer ses dévotions du matin, et tous ses traits conservaient encore une expression religieuse. Mais cette expression changea, quand elle reconnut le Missionnaire. Un vif incarnat colora ses joues; une tendre réserve, un timide sourire de satisfaction, succédèrent, sans l'effacer cependant tout-à-fait, à son air de dignité. L'éclat de sa beauté, la fraîcheur de la jeunesse, le charme du sentiment, sa grâce, son regard, son attitude, jetèrent le Missionnaire dans le ravissement; et, la contemplant en silence, il admira qu'une créature si bien faite pour le Ciel, fût encore reléguée sur la terre.

Le faon avait rompu le lien d'herbe tressé par le Missionnaire, pour le conduire; il s'élança aux pieds de sa maîtresse, qui lui prodigua des caresses enfantines. Cette petite scène de réunion donna le temps au Missionnaire de reprendre l'air de dignité du nonce apostolique, que les sentimens soudainement excités dans l'homme, avaient fait dispa-

raître. « Ma fille, lui dit-il, que la santé
et la paix soient avec toi et les tiens;
puisse la lumière de la vraie religion
éclairer ton âme, comme celle du soleil
te couvre en ce moment de son éclat » !

Ce langage, semblable à celui de la dévotion de la prêtresse payenne, réveilla
son enthousiasme; et, s'inclinant trois fois
devant le soleil, elle répliqua: « J'adore
ce pouvoir resplendissant, dont je réflé-
chis la lumière, et dont je suis moi-
même une émanation ».

L'apôtre tressaillit; son sang se glaça
dans ses veines, en se trouvant ainsi inti-
mement associé au culte d'une infidèle;
puis, tout-à-coup, comme s'il se sentait
inspiré, il leva les yeux au Ciel, se pros-

terna, et, à haute voix, il pria avec l'éloquence des anges, pour la conversion
de cette infidèle.

Luxima le regardait et l'écoutait avec
étonnement et admiration. Elle entendait
son nom tendrement prononcé dans des
supplications adressées au Ciel, en sa faveur; elle voyait couler des pleurs, elle
entendait des soupirs, dont elle était l'objet, et qui étaient offerts à un Dieu
qu'elle ne connaissait pas, pour obtenir
qu'elle embrassât une croyance qui lui
était tout-à-fait étrangère. Professant
elle-même une religion qui unit une tolérance sans bornes à la foi la plus impli-
cite, et une parfaite indifférence pour le
prosélytisme à une intime conviction de
son excellence, elle ne pouvait com-

prendre la pieuse sollicitude pour sa conversion, qu'exprimaient les paroles et les émotions du Missionnaire. Mais elle comprit, par ses prières et par les exhortations qu'il lui adressa, qu'elle était la principale cause qui l'avait engagé à visiter la province de Cachemire, et que son bonheur temporel et éternel était l'objet des vœux et des plus chères espérances d'Athanase.

Cette conviction pénétra profondément dans son cœur sensible et reconnaissant, et elle adoucit, sans en triompher entièrement, les préjugés enracinés dans son esprit. Quand le Missionnaire se leva, elle s'assit sur un banc de verdure, et lui fit signe de se placer à côté d'elle. Il obéit, et durant un moment de

silence, les regards éloquens de l'Indienne
furent fixés sur lui; enfin, d'une voix
émue, elle lui dit : « Chrétien, tu m'as
nommée idolâtre ; que signifie ce mot?
C'est sûrement quelque chose de mal:
car il m'a semblé que tu frémissais en le
prononçant ».

« Je te nomme idolâtre, répondit-il;
parce que, tout-à-l'heure, tu rendais au
soleil, ce culte qui n'est dû qu'à celui qui,
en disant: *que la lumière se fasse*, a fait
la lumière ». — « J'adore le soleil, reprit
Luxima avec feu, comme le grand et vi-
sible flambeau, emblème de cette lumière infiniment plus grande, qui peut
seule éclairer notre âme ». — « Ah! du-
moins, répliqua le Chrétien, affermis ce
premier principe de la vraie foie; chéris

cette idée pure d'une cause essentielle ,
ce sentiment de l'existence de Dieu, qui
est la seule idée innée de l'homme ». —
« Je l'adore dans ses œuvres, répondit
la prêtresse; mais si je veux le contempler dans son essence, je suis éblouie ,
confondue , et mon âme recule, effrayée
de sa présomption. Je ne vois plus que
l'immense intervalle qui nous sépare de
la divinité; accablée, je retombe vers la
terre, humiliée de mon néant ».

« Tels sont, dit le Missionnaire, les
timides sentimens d'une âme aux prises
avec l'erreur, et égarée dans les ténèbres. Ce n'est que par l'opération de la
grâce divine que nous pouvons parvenir
à contempler Dieu en lui-même; et ce

Tome I.   17

n'est qu'en devenant Chrétien, qu'on
peut obtenir cette grâce » !

Luxima tressaillit à ces mots. « Non,
dit-elle, le sentiment qui me porterait à
chercher la présence de Dieu, à me faire
une image de sa nature, une idée de son
être, de son pouvoir et de ses attributs,
me frapperait de terreur, et me couvri-
rait de confusion ».

En s'exprimant ainsi, un effroi religieux sembla s'emparer de son âme; elle
tremblait; elle était agitée; et, se pros-
ternant en signe de la soumission et de
la profonde humilité de son cœur, elle
récita, d'un accent précipité, sa profession de foi. Le Missionnaire fut touché

d'une dévotion si pure et si fervente; et, quand elle eut achevé sa prière, il voulut la relever; mais ses préjugés reprenant toute leur force, par l'ardeur de son zèle, elle refusa une aide, qu'elle croyait, en ce moment, ne pouvoir accepter qu'en devenant sacrilége; et elle lui dit avec fierté: « De même que l'ombre d'un Pariah souille, en s'étendant sur sa surface, le sein de l'onde la plus pure, de même le descendant de Brahma est profané par le toucher de celui qui n'est, ni de même caste, ni de même sexe ».

Le Missionnaire fut confondu de cet assemblage de sentimens si contraires, et de principes si opposés. Dans un moment, la plus pure adoration de l'Être suprême, et l'idée la plus sublime de ses attributs, étaient exprimées par elle avec éloquence; et l'instant d'après, elle paraissait gouvernée par les plus extravagantes superstitions d'un peuple idolâtre. Tantôt elle écoutait avidement ses discours, qui semblaient la charmer, et même la convaincre, et tout-à-coup elle fuyait à son approche, comme s'il faisait partie d'une espèce réprouvée par le Ciel. Raisonner avec elle, était impossible, tant il y avait d'incohérence dans ses idées. L'écouter, était dangereux : car l'éloquence de son génie naturel et celle du sentiment, ainsi que les dogmes particuliers de sa secte, donnaient à ses erreurs une force, et à toute sa personne un charme, qui affaiblissaient dans le prêtre le zèle pour sa conversion, en excitant l'admiration de l'homme. Dé-

terminé, en conséquence, à ne plus se
confier à lui-même, à ne rien espérer de
la persuasion humaine sur une âme si
prévenue de son erreur, le Missionnaire
tira de son sein le volume des saintes
Écritures qu'il avait traduit dans la langue
du pays, et, le présentant à Luxima, il
lui dit : « Ma fille, tu as devant les yeux
un homme qui a dompté les passions
inhérentes à sa nature; un homme qui
a foulé sous ses pieds les plaisirs de la
jeunesse, le rang et la fortune ; qui a
quitté son pays, ses amis ; traversé des
mers orageuses, et parcouru des contrées lointaines ; qui a supporté la fatigue
et la douleur, surmonté mille obstacles,
pour faire partager aux autres cette glorieuse existence future, réservée à ceux
qui croient et observent les préceptes

que ce volume sacré contient. Juges donc de la pureté et du pouvoir de ce livre, par les sacrifices qu'il rend possibles à l'homme. Prends-le, et puisse le Ciel verser sa grâce dans ton cœur, pour qu'en lisant tu sois édifiée et remplie de foi »!

Luxima le considéra en silence, et prit le livre. Son esprit n'avait pas été moins frappé que ses sens de la solennité avec laquelle il avait prononcé ces dernières paroles. Lui s'éloigna lentement ; son âme avait retrouvé son calme accoutumé; il ne souhaitait plus de rencontrer les regards de l'Indienne, ni d'entendre ses accens. « Si, disait-il en lui-même, elle n'éprouve pas l'influence des livres inspirés que j'ai mis dans ses mains, un ange descendu du Ciel ne pourrait rien sur elle».

Il continua à s'éloigner, sans regarder en arrière; et quoiqu'il entendît marcher légèrement près de lui, ses yeux demeurèrent fixés sur son rosaire; enfin, le nom de *Père*, prononcé très-bas, et d'une voix douce, frappa son oreille. Cette tendre expression toucha son cœur; il s'arrêta; et Luxima était à côté de lui. Il tourna un moment ses yeux vers elle, et tout-à-coup les baissa encore. « Ma fille, lui dit-il, que veux-tu ? — « Ton pardon, répondit-elle avec timidité; j'ai fui à ton approche, et je crains de t'avoir offensé : car, peut-être les femmes de ta nation n'offensent pas leurs Dieux, quand elles souffrent que des hommes d'une autre caste les approchent ».

« Le Dieu qu'elles adorent, lui dit le

Missionnaire, ne juge pas seulement les
actions, il juge aussi les motifs. Celui
dont le cœur est pur ne pêche pas; et
peut-être il est des femmes de ta nation,
ma fille, qui ne croiraient pas leur pureté profanée par la présence d'un Chrétien ».

« Mais moi, dit Luxima, d'un air
majestueux, je suis une femme sacerdotale, une prêtresse, une vestale consacrée; et saches bien, Chrétien, que la
vie d'une vestale doit ressembler aux
boutons blancs comme la neige de l'ipo-
mea, quand, cachés dans leur calice vir-
ginal, un rayon de soleil n'a point encore effleuré leurs feuilles. Mais de crainte
que tu ne te sépares de moi dans la colère, accepte ce sacrifice ».

En parlant ainsi, elle détournait ses regards, et une vive rougeur couvrait son visage; tremblante, combattue entre le préjugé habituel et le sentiment naturel, elle présenta au Missionnaire, des mains d'une beauté parfaite, et que nul homme n'avait jamais touchées. Il les prit en silence; et il attribua le mouvement rapide de son cœur, en ce moment, au triomphe qu'il avait obtenu sur un préjugé funeste; mais en songeant que, pour la première fois, les mains d'une femme reposaient dans les siennes, il tressaillit, et laissa tomber celle de Luxima, qui, dans la ferveur de sa dévotion, les croisa sur son sein, et lui dit, de l'accent le plus tendre: «Mon Père, toi qui es aussi pur et aussi saint que la pensée d'un Brahmine, prie

les Dieux pour moi, je prierai les miens
pour toi » ! Alors, le regardant un moment, elle lui adressa le salem, laissa
échapper un soupir, et, d'un air pensif,
elle s'éloigna lentement.

Le Missionnaire la suivit des yeux,
jusqu'au moment où un bois de men-
goustans la déroba à sa vue. Il lui semblait encore entendre son soupir : puis
tout-à-coup il s'éloigna d'un pas rapide,
comme si, en quittant ce lieu, où tout
lui retraçait son image, il en devait perdre le souvenir. Il s'efforça de se faire
une idée de son caractère, indépendante
de sa personne, de ne songer qu'aux préjugés qu'il avait déjà vaincus, et d'oublier les mains qu'il avait touchées ; mais
il sentait encore ces mains tremblantes

dans les siennes, et il tenta de nouveau
d'écarter de son imagination l'objet qui
l'obsédait, pour ne plus s'occuper que
de celui de sa mission. Il réfléchit sur sa
courte, mais extraordinaire conversa-
tion avec Luxima ; il reconnut qu'un
système pur de religion naturelle était
fortement empreint dans son esprit con-
templatif ; mais que les images qui per-
sonifiaient les attributs de la divinité,
dans la croyance religieuse de sa nation,
s'étaient emparées de son imagination,
maîtrisaient ses sentimens, et gouvernaient toutes les habitudes de sa vie. La
brillante mythologie de la religion des
Brahmines était en effet très-propre à
séduire une imagination aussi vive ; et les
dogmes particuliers de sa secte conve-
naient parfaitement à un cœur aussi ten-

dre ; mais l'innocence de sa vie, et la pureté de son âme, la rendaient également capable de s'attacher fortement à l'idée abstraite d'une cause première, sans laquelle toute religion est froide, et manque de base. Le Missionnaire, convaincu qu'elle était bien disposée à recevoir la vérité, encouragé par les victoires qu'il avait déjà remportées sur ses préjugés, s'affermit dans les espérances qu'il avait conçues ; et, envisageant d'avance une conversion si éclatante, il se crut déjà bien récompensé des sacrifices qu'il avait faits, des dangers qu'il avait courus, et de tous ses travaux.

FIN DU TOME PREMIER.

www.ingramcontent.com/pod-product-compliance
Lightning Source LLC
Chambersburg PA
CBHW051820020726
47502CB00005B/1544